同意

Le Consentement

ヴァネッサ・スプリンゴラ

内山奈緒美 訳

中央公論新社

凡例

〔　〕は訳者による補足である。

同意

バンジャマンに、
そして
ラウルのために

プロローグ

　おとぎ話は叡智の源だ。そうでなければ、なぜ時代を超えて語り継がれているのだろうか。シンデレラは午前零時になる前に舞踏会場から立ち去ろうとすべきである。赤ずきんは狼とその甘い声に用心すべきである。眠れる森の美女は、抗いがたい魅力を放つ紡ぎ車に指を近づけるべきではない。そして白雪姫は、狩人に近づくべきではないし、絶対にリンゴを食べるべきではない。運命が彼女に差し出したそのリンゴがどれほど赤くおいしそうであっても……。

　これらはいずれも、若い人たち誰もが忠実に従うべき警告だろう。

　私が初めて手にした本の中にグリム兄弟の童話集があった。何度も読み返すうちに、その本は分厚い表紙の縫い目がほつれ、花びらが一枚一枚散って行くようにばらばらになってしまった。こんな風に本が壊れてしまうことは、私に深い悲しみを与えた。おとぎ話は私に永遠の物語を語りかけるのに、本は限りあるモノに過ぎず、いつかは捨てられてしまう。

私は読み書きを覚える前から、新聞、雑誌、厚紙、セロハンテープ、紐など、手に入るあらゆるものを使って本を作っていた。できる限り頑丈に。本に対する私の興味は、初めはモノとしての興味であり、内容に対する興味は後になってからわいてきた。

今私が本に抱いているのは猜疑の念である。私と本との間には目に見えないガラスの仕切りがある。私は本が毒になり得ることを知っている。どれほどの毒を含み得るかを理解している。

もう何年もの間、殺人や復讐という幻想に取り憑かれ、堂々巡りしてきた。ところが、ついに解決策が目の前に現れたのだ。考えてみたら当たり前のことだった。すなわち、狩人を自身の仕掛けた罠にはめること、つまり本の中に閉じ込めることだ。

I

子供

L’enfant

われわれの叡智は、作者の叡智が尽きるところから始まる。われわれは作者が答えを与えてくれることを望むが、作者ができるのはわれわれに欲望を与えることだけだ。

――マルセル・プルースト『読書について』

まだいかなる経験にも汚されていない人生の始まりに、私はV〔著者の名ヴァネッサ（Vanessa）の頭文字〕と名付けられた。そして五歳の時にはすでに恋愛を夢見ていた。

娘にとって父親は要塞である。ところが私の父はすき間風のようなものでしかなかった。私が覚えているのは、肉体としての父の存在そのものより、朝早くバスルームを満たすベチバーの香りや、ネクタイや腕時計、シャツやデュポンのライターなどあちこちに置かれた男性用の品々だ。それに、フィルターからかなり離れたところを親指と人差し指でつまむようにして持つ煙草の吸い方や、皮肉交じりの話し方だ。その話し方のせいで私には、父が冗談を言っているのか本気なのかまったくわからなかった。父は朝早く出かけ、夜遅くまで帰って来なかった。忙しい男だった。そして非常にエレガントだった。彼の仕事は次々と変わって行ったので、その内容を正確に理解することはできなかった。学校で父親の職業について尋ねられても、私にははっきり答えられなかった。父は明らかに家庭生活より外の世界に惹かれており、社会的に一目置かれる存在であったことは間違いない。少なくとも私はそう思っていた。彼の装いはいつも完璧だった。

母は二十歳の若さで私を妊娠した。北欧系のブロンドの髪、優しい顔立ち、薄いブルーの瞳、女性らしい曲線を描くすらりとした体つき、美しく響く声、彼女は本当に美しかった。私の母への憧れは計り知れなかった。母は私の太陽であり、喜びそのものだった。

「おまえの両親は本当に似合いの夫婦だよ」。祖母は二人の映画俳優並の容姿を引き合いに出して、何度もそう繰り返した。私たちは幸せであるはずだった。しかし、アパルトマンでの私たち三人の生活の思い出は、まるで悪夢のようなもので、家族は一心同体だなどということは錯覚に過ぎないとすぐに思い知らされた。

夜になると、理由はよくわからないが、母を「裏切り者」とか「売春婦」呼ばわりする父の怒鳴り声が、毛布にくるまっている私のところにまで聞こえてきた。ごく些細なきっかけで、ちょっとしたこと、たとえば視線や「不用意な」一言のせいで父の嫉妬は爆発した。次第に壁が震え出し、食器が宙を舞い、ドアが乱暴に閉じられた。父は病的なまでに些事にこだわる性質《たち》で、私たちが部屋にある物を許可なく動かすことさえ許さなかった。ある日母は、父からプレゼントされたばかりのテーブルクロスの上に、ワインの入ったグラスをひっくり返して、父に絞め殺されそうになった。やがて、このようなことが頻繁に起こるようになった。それは動き出したら制御できない機械と同じで、もはや誰にも止められなかった。それ以降、二人は事あるごとに何時間も面と向かって罵り合うようになった。母は私の部屋に逃げてきては、子供用の小さなベッドで私に身をすり寄せ、声を押し殺して泣いた。そして夜遅く、夫婦の寝室に一人戻るのだった。翌日、父は居間のソファーで寝直していた。

母は父の抑えきれない怒りと甘やかされた子供のような気まぐれに対処するすべをすっかり失った。性格障害だと噂されていたこの男の常軌を逸した行動には、もう打つ手がなかった。二人の結婚生活は終わりのない戦争であり、その争いの原因はもはや誰にもわからなかった。そしてこの戦争には、間もなく一方的に決着が付けられることになった。それからわずか数週間後のことだった。

しかし一方で、二人が愛し合っていた日々もあったはずだ。延々と続く長い廊下の突き当たり、寝室のドアに隠された両親の性生活は、私にとってモンスターの潜んでいる死角のようなものだった。なぜなら私は、その存在を常に感じてはいたけれど（日常的に起こる父の嫉妬の発作がそれを証明していた）、その実態を知ることは決してできなかったからだ（私には、両親がいかなる抱擁もキスも、あるいはほんのちょっとした優しい仕草も交わしていたという記憶がない）。

　何よりもまず知らず知らずのうちに、当時すでに私がしようとしていたこと、それは、寝室の閉じられたドアの向こう側で二人の人間を結び付けている秘密、つまり二人の間で何が行われているのかを解明することだった。私の想像の中では、セックスは魔法のようなものだった。というのも、童話の世界で不可思議なことが突然現実の中に入り込んでくるように、セックスによって、赤ん坊が生まれるという奇跡が、ありふれた日常の中で突然起こり得るからだ。しかもそれはたいていの場合、説明のつかない形で起こる。仕組まれたものか偶然によるものか、私はこの得体の知れない力との出会いによって、とても幼い頃から恐ろしいほど執拗に好奇心をかき立てられた。

　私は何度も、真夜中に両親の寝室に入り、ドアのところに立ってお腹や頭が痛いと泣きながら訴えた。おそらく無意識のうちに両親のセックスを邪魔したかったのではないかと思う。そこには、シーツを顎まで引き上げた間抜けで妙に後ろめたい様子の両親がいた。その前の場面、両親の身体が絡み合っている場面は、私の記憶にまったく痕跡をとどめていない。私の記憶から消されてしまったかのように。

　ある日、両親が幼稚園の園長先生から呼び出されたことがあった。父はもちろん来なかった。そういうわけで、私の昼間の様子を心配そうに聞いたのは母だった。

「娘さんはとても眠そうにしています。夜間あまり眠ってないようですね。教室の奥の簡易ベッドで寝かせなければなりませんでした。家で何かあったのですか？　娘さんはあなたとお父様が、夜中に激しく口論されていると言っています。それから、監督の先生が、Ｖが休み時間にしょっちゅう男子トイレにいると報告してきました。そこでＶに何をしていたのか尋ねると、「ダヴィドがまっすぐにおしっこするのを手伝っているの。おちんちんを持ってあげているの」と当たり前のことのように答えました。ダヴィドは割礼を受けたばかりで、何と言うか、うまく……ねらいを定められないようなのです。でもご安心ください。五歳児にとってこのような遊びは、何ら異常なことではありませんから。ただちょっとお耳に入れておこうと思っただけです。」

ある日、母は最終的な決断を下した。ひそかに計画していた通り、私が林間学校に行っている間に引っ越しを決行し、もう戻らないつもりで父のもとを去った。私が小学校に入学する前の夏のことだ。夕暮れ時になると林間学校のインストラクターが、ベッドの縁に腰かけて母からの手紙を読んでくれた。母は新しいアパルトマンや私の新しい部屋や学校、新しい町について、要するにパリで私を待っている新しい生活の段取りについて書いていた。ど田舎に追い払われ、親元を離れて野生に帰った子供たちの叫び声に囲まれていたので、母の語っていることすべてが現実のこととは思えなかった。うわべだけは浮き浮きした調子で書かれた母からの手紙を、大きな声で私に読み聞かせながら、インストラクターはしょっちゅう目を潤ませ声を詰まらせた。こうした夜の儀式の後は決まって、私には夢遊病の症状が出るようになり、夜中に出口に向かって階段を後ろ向きに降りて行くところをインストラクターに見つかることもあった。

家庭内の暴君から解放されて、私たちの生活は喜びの絶頂にあった。私たちは今では屋根裏部屋で暮らしていた。かつての女中部屋を改装したものだ。私の部屋は、天井まではかろうじて立っていられるほどの高さしかなかったが、いたることころに秘密の隅っこがあった。

私はもう六歳だった。素直で聞き分けのよい勉強好きな優等生だったが、両親が離婚した子供にありがちな、どことなくもの憂げな子供だった。反抗心というものがまったくなく、どんな形にせよ規則を破ることはなかった。優秀な小さな兵隊としての私の主な任務は、最高の成績表を誰よりも愛する大好きなママのもとに届けることだった。

夜になると母は、ショパンのあらゆる作品を時にはとんでもない時間になるまでピアノで弾いた。またある時は、スピーカーのボリュームを限界まで上げて夜遅くまで踊った。あまりにも音が大きくて、腹を立てた隣人が突然怒鳴り込んでくることもあったが、私たちはまったく気にしなかった。母は週末には、キール・ロワイヤルのグラスを片手にJPSを吸いながら、何とも豪勢に入浴した。バスタブの縁には落ちないように灰皿が置かれていた。真っ赤なマニキュアを塗った彼女の爪が、乳白色の肌とプラチナブロンドの髪を際立たせていた。
そういった日の家事はたいてい翌日にまわされた。

父がうまく立ち回って養育費を払わなくてすむようにしたせいで、私たちはたびたび月末のやりくりに苦しんだ。私たちのアパルトマンでは、パーティがひっきりなしに催され、次々と変わったとはいえ、恋人がいたにもかかわらず、母は私が思っていたよりもずっと孤独だった。ある日、私が母に彼女の恋人たちの一人について、その人が母の人生の中でどんな意味を持っているのかと尋ねると、「あの人をあなたに受け入れてもらおうなんて思ってもいないし、あなたの父親代わりだなんてこれっぽっちも思っていないわ」と彼女は答えた。それ以来、母と私は固い絆で結ばれた同志になった。もうどんな男も私たちの間に割り込むことはできない。

新しい学校で、私はアジアという名の女の子と常に行動をともにするようになった。私たちは教室で読み書きを学ぶ時だけでなく、家の近所を探検する時も一緒だった。この辺りは通りの角ごとにあるカフェのテラスのおかげで、鄙びた村のような魅力があった。とりわけ私たちが共有していたのは、普通では考えられないような自由だった。私たちの家にはベビーシッターを雇うお金がなかったので、大半の同級生たちとは違って、夜間でも見張りをする人がいなかった。そんなものは必要なかった。私たちの母親は全面的に私たちを信頼していた。私たちには一点の非の打ち所もなかった。

私がまだ七歳になったばかりの頃、父が私を一晩家に呼んでくれたことがあった。それは特別なことで、それ以後二度となかった。それに、私の寝室だった部屋は、私と母がこのアパルトマンを出て行った後、父の仕事部屋になっていた。

私はソファーで眠った。夜明けに目覚めた時、自分がすでによそ者であるように感じた。何もすることがないので、几帳面に分類され整理された本棚に近寄ってみた。適当に二、三冊の本を取り出し、丁寧にもとの場所に戻す。それから、アラビア語で書かれたミニチュア版のコーランが気になり、そのモロッコ革のとても小さな赤い表紙をなでたり、不可解な文字の解読を試みる。もちろんコーランはおもちゃではないが、そのようなものだ。今では遊ぶものが何一つないこの家で、他に何か暇つぶしになるものがあるだろうか？

一時間後、父が目を覚まし部屋に入ってきた。入ってくるなり視線をぐるりと巡らすと本棚に目を止め、その前にしゃがみ込んで一つ一つの棚を念入りに確認した。精神病患者のように興奮している。そしてついに税務監査官並の偏執的な正確さで、勝ち誇ったように宣告した。

「おまえはこの本に触ったな、この本とこの本にも！」。父の声は、今や部屋の外にまで雷鳴のようにとどろいている。私には本に触るのがどうしてそんなに悪いことなのか理解できなかった。

一番恐ろしかったのは、父が三冊の本すべてを見抜いたことだ。幸いにも私は、本棚の一番上の段に手が届くほど大きくなかった。父の視線は長い間本棚の上部にとどまっていた。そして、いわくありげな安堵のため息をした後、彼の目は再び降りてきた。その前夜、探し物をしていた時、物入れの中で私が全裸の女性とばったり出くわしたことを知っていたら、父は何と言っただろう？　それはラテックスでできた等身大の人形で、口と性器のところにぞっとする窪みとしわで作られた穴が開いていた。掃除機と床掃除用のブラシに挟まれた彼女は、あざけるような微笑みを浮かべ、うつろな眼差しで私を見据えた。これはまたもう一つの地獄のイメージで、それは物入れのドアが再び閉じられた途端、すぐに封じ込まれた。

放課後しばしば、アジアと私は別れる時間を先送りするために、いろいろな回り道をした。二つの通りが交差するところに階段の張り出した小さな広場があり、若者たちがいくつかのグループに分かれてローラースケートやスケートボードをしたり、煙草を吸ったりしに来ていた。私たちは石段を観客席にして、格好をつけたひょろひょろの少年たちの演技をうっとりと眺めた。ある水曜日の午後、私たちもローラースケートを履いて行った。初めてだったので、私たちの足取りは不安定でおぼつかなかった。少年たちは私たちを少しからかっていたが、そのうちに忘れた。スピード感と、ブレーキをタイミングよくかけられなかったらどうしようというスリルに恍惚として、私たちはもう滑る喜びしか感じなかった。まだ早い時間だったが、冬だったのですでに暗くなっていた。スケート靴を履いたままで、手には運動靴を持ち、頬は紅潮してまだ息はあがっていたが、幸せな気分で帰ろうとしていたちょうどその時のことだ。私たちの前に大きなコートにすっぽりくるまった一人の男が現れ、立ちはだかった。そして、アホウドリのように両腕を大きく動かしてコートの裾を素早く左右に開いた。私たちは、ファスナーの間から勃起したペニスが突き出ているグロテスクな姿を目にして、茫然となり動けなくなった。パニックともばか笑いともつかず、アジアが勢いよく立ち上がったので私もそれに倣った。しかし二人とも転んでしまった。スケート靴を履いていたのをすっかり忘れていて、バランスを崩したのだ。私たちが再び立ち上がった時、男は消えていた、まるで幽霊のように。

父はその後も何回か私たちの人生に少しだけ登場した。詳しくは知らないが地球の反対側への旅からの帰りで、私の八歳の誕生日を祝うために家に立ち寄り、びっくりするようなプレゼントをくれたこともあった。その年頃の女の子なら誰もが夢見るバービー人形用の可動式キャンピングカーだ。私は感謝のあまり父の胸に飛び込んだ。そして、コレクターさながらに細心の注意を払いながら、一時間かけてようやく品物を箱から取り出し、黄褐色の車体の色と鮮やかなピンクのインテリアに見とれた。それには十数個の付属品がついていた。サンルーフ、壁に収納できる折り畳み式キッチン、デッキチェア、ダブルベッド……。

ダブルベッド？　何てことだろう！　私のお気に入りの人形は独身なのだ。折り畳み椅子から長い脚を伸ばし、「今日の日差しは何て気持ちいいんでしょう」と叫んだところで、死ぬほど退屈に違いない。たった一人でキャンプをするなんて、そんなの本当の人生じゃない。不意に私は、今まで用がなくてずっと前から引き出しの中にしまってあった試供品の男の人形のことを思い出した。ケンという名で、赤毛で人のいい木こりのような角張った顎をして、チェックのシャツを着ている。彼と一緒ならバービーもきっと安心して自然の中でキャンプができるだろう。夜なのだから、もう寝ないといけない。私はケンとバービーをベッドにならべて置いた。でもとても暑かった。まず彼らの服を脱がさなければ。ほら、こうすればこの猛暑でも少しは快適に過ごせるだろう。バービーとケンは体毛も性器も乳房もない。そこが奇妙なところだが、完璧なスタイルのおかげで些細な欠落は目につかない。私はすべすべとして光沢のある彼らの身体の上に毛布を掛けた。そして星空が見えるようにサンルーフを開けておいた。父が帰ろうとしてソファーから立ち上がり、キャンピングカーをまたいだ。私はまだミニチュアのピクニック用のバスケットをせっせとならべていたのだが、父はその隣に膝をついて、サンルーフの下をのぞき込んだ。そして、からかうような薄ら笑いを浮かべ、顔を歪めながら猥褻な言葉を口にした。

「なるほど、セックスしているのか？」

今度は私の頬や額、手が鮮やかなピンクに染まる番だった。愛についてまったく理解できない人間がいるのだ。

当時母は、私の学校から通りを三つ隔てた場所にあり、私たちのアパルトマンと中庭を共有する建物の一階にある小さな出版社で働いていた。私はアジアと一緒に下校しない時は、よくこのがらくたで溢れかえった隠れ家の秘密の隅っこでおやつを食べた。ホチキスやセロハンテープ、何千枚もの紙の山、ポストイット、クリップ、色とりどりのペン。本物のアリババの洞窟だ。そのうえここには本がある。倒れそうな棚の上に百冊単位でぞんざいに積み重ねられていた。あるいは段ボール箱に梱包されたり、ショーウインドーの中に美術品のように展示されたりしていた。また、写真に収められて壁に貼られている本もあった。私の遊び場は本の王国だった。

一日の終わりになると、特に気候のよい季節には、中庭はいつも陽気な雰囲気に包まれた。アパルトマンの管理人がシャンパンのボトルを片手に部屋から出てくると、人々はガーデンチェアやテーブルをならべた。作家やジャーナリストたちが、何をするでもなく暗くなるまでうろうろしていた。そこに集う人たち全員が、教養があり、まばゆいばかりに輝き、才気に溢れていた。そして中には有名人もいた。まさに、あらゆる美点を兼ね備えた素晴らしい世界だった。それに比べて他の人たち、友だちの親たちや近所の人たちの職業はどれも退屈で単調に思えた。

いつの日か、私も本を書くんだ。

両親が別居してからというもの、父とはたまに会うだけになった。たいていの場合、父は私と会うためにとびきり高いレストランでの夕食の約束をした。たとえば、怪しげな内装のモロッコ料理店のような。その店では食事の後に、はち切れそうな身体をした女たちがセクシーな衣装を着て現れ、私たちのすぐ目の前でベリーダンスを踊った。その後、目を覆いたくなるほど恥ずかしい瞬間がやって来る。父が尊大さと欲望の入り混じった眼差しで、高額なお札を美しきシェエラザード〔『千夜一夜物語』の登場人物〕のハーレムパンツのベルトやブラジャーに滑り込ませるのだ。こうした店の雰囲気の中、スパンコールをちりばめたハーレムパンツのベルトがじゃらじゃらと音を立てる時、私の気分がぼろぼろになっていることなど、父にとってはどうでもよいことだった。

ベリーダンスの件はそれでもまだよい方だった。少なくとも父は約束の場所に現れたのだから。私は三回に二回は、こうしたべらぼうに高い店の長いすに座って、お父上がお出ましになるのを待った。時おりウェイターが、「お父様からお電話があって、三十分ほど遅れるそうです」と知らせにやって来た。そして店の奥から私にウィンクしてシロップのジュースを持ってきてくれた。しかし一時間経っても父は相変わらず姿を見せなかった。ウェイターは同情して、私を笑顔にさせようと三杯目のザクロシロップのジュースを給仕すると、「何てひどいやつだ！　かわいそうに女の子をこんな風に待たせるなんて。もう夜の十時だ！」とつぶやきながら戻って行った。そして、今度はウェイターが私にお札をそっと渡した。私を母の待つ家に送り届けるためのタクシー代として。当然のことながら母は、都合がつかなくなったことを彼女に知らせるのに、ぎりぎりになってもなおぐずぐずしていた父に激怒した。

当然予想できたことだが、そのうちに父は私の前にまったく姿を見せなくなった。おそらく、私のことを煩わしくてたまらないと思っている新しい恋人にしつこく言われたせいだろう。たぶん私がとても小さい時から、ずっと家族のように心安く感じていたカフェのウェイターたちに、特別な愛情を抱くようになったのは、この時期からのことだった。

子供たちの中には、毎日を自然の木々に囲まれて過ごす者がいる。私は毎日を本とともに過ごした。こうして、父から捨てられたことで負った癒しようのない悲しみに沈んでいた。本への情熱が私の想像の世界を満たしていた。私は小説を読むには幼すぎて、恋愛が苦しいものだということ以外、大したことは理解できなかった。どうして人は、これほど幼い頃から恋愛の苦悩に苛まれることを願うのだろうか？

大人のセックスについては、ある冬の夜ついにそのあらましを知った。九歳頃のことだった。私と母は、母の友人たちと一緒に山間部にある小さな家庭的なホテルでヴァカンスを過ごした。友人たちは近くの部屋を使う。私たちの部屋はL字形をした大きな一間だったので、薄い間仕切りの後ろの、隠れた一角に置かれたエキストラベッドが私にあてがわれた。何日か遅れて母の恋人が、奥さんには内緒で私たちに合流した。ハンサムな芸術家で、パイプ煙草の香りを漂わせ、前世紀に流行ったベストと蝶ネクタイを身に着けていた。前々から彼は私のことが気に入らなかった。学校が半日で終わる水曜日の午後、私がテレビの前で三点倒立をしているのに出くわすと、いつも嫌な顔をした。

それは彼が自分の従業員たちの目を盗んで、一、二時間母と奥の寝室にこもりに来る時間だった。ついにある日、彼は母に小言を言った。「君の娘は何もしないで時間を無駄にしている。午後の間ずっとくだらないテレビ番組を見てばかになるくらいなら、習い事をさせた方がいいよ！」。

　この時は、彼は一日の終わりに突然やって来た。私は彼が時間かまわず不意にやって来ることに慣れていたので、もう腹も立たなかったが、彼は到底スキーをするような種類の男とは思えなかった。夕食後、私はよくわからない話をしている大人たちを残して、ベッドに向かった。そして、いつものように何ページか本を読んでから眠った。睡魔がやって来ると同時に、へとへとに疲れて凝っていた筋肉がほぐれ、突如、新雪のゲレンデの上に再び漂って揺らめいている雪のかけらよりも軽くなったような気がした。

　私は息が漏れる音と身体がシーツにこすれる音、それに続く囁き声で目が覚めた。その囁き声は、聞き覚えのあるイントネーションの母の声と、恐ろしいことに、もっと威圧的な調子のあの髭の男の声だった。「身体の向きを変えて」。それが、突然極度に研ぎ澄まされた私の耳が聞き分けることのできた唯一の言葉だった。

　私は耳をふさいで聞かないようにするか、軽く咳払いをして、自分がすっかり目覚めていることをアピールすることもできた。でも私は、二人がセックスしている間ずっと、呼吸のリズムを引き伸ばすようにし、自分の心臓の音が、不気味な暗がりに沈んでいる部屋の反対側まで聞こえませんようにと祈りながら、身体をこわばらせていた。

　翌年の夏私は、後に一番の親友になるクラスメート、ジュリアンのブルターニュ地方の別荘でヴァカンスを過ごした。私たちより少し年上の彼のいとこの女の子が何日間か合流した。私たちは山小屋や人里離れた洞窟といった趣の、二段ベッドのある部屋で眠った。大人たちがお休みのキスをして部屋から出てドアを閉めるとすぐに、古いタータンチェックのベッドカバーで作った即席のテントの下で、人に言えないような遊びをした。といっても、まだかわいらしいものだったが。私たちはあらかじめ自分たちがとびきりいやらしいと思う物（羽、古い人形からはぎ取って来たビロードやサテンの端切れ、ベネチアの仮面、細い紐……）を集めておいた。そして、私たち三人のうち一人をいけにえとして選ぶと、たいていの場合目隠しをして手首を縛り、ネグリジェの裾をまくり上げるかパジャマのズボンを下ろして抵抗できない状態にして、他の二人で昼の間マットレスの下に細心の注意を払って隠しておいたいろいろな物で夢中になってなでるのだ。私たちはこの愛撫が引き起こす甘美な感覚に酔いしれた。そして、布地越しに乳首や幼い恥丘にまでこっそり唇を当てることもあった。

　夜が明けてしまえば、私たちを気まずくさせるものは何もなかった。夜の間に覚えた快感の記憶は眠りの中に溶けてしまって、私たちは相変わらず口喧嘩をしたり、無邪気に野原でじゃれ合ったりした。名画座で『禁じられた遊び』〔監督ルネ・クレマン、一九五二年、仏〕を観て以来、私たちは抑えられない衝動にかられて、モグラや鳥や昆虫など、動物の墓を次から次へと作った。エロスとタナトス、性の本能と死の衝動は常に表裏一体だ。

ジュリアンと私は、その後何年間もどちらかの家でこうした遊びに没頭することになった。昼間はきょうだいのように口喧嘩をしていても、夜には寝室の片隅の床に直に置かれた小さなマットレスの上で、私たちは磁石のように吸い寄せられ、魔法によって飽くことを知らない放蕩者になるのだ。

夜になると、快感を求めて互いの身体を差し出したが、その快感が満たされることは決してなかった。しかし、快感を求めるというそのことだけで、毎回、同じ動作をやみくもに始めから繰り返すことができた。初めのうちはおずおずとしてとんでもなく不器用だったが、時が経つにつれてうまくなっていった。すでに手足を曲げたりねじったりすることにかけては熟練の域に達していたので、新しい動きを考え出す段になると、私たちの想像力には際限がなかった。それでも私たちは、本能では激しく欲してはいるものの、絶頂にはどうしても達することができなかった。私たちの肉体はまだ経験が浅すぎたのだ。しかし、どこか後ろめたい欲望を抱きながら、一つ一つの愛撫が相手に与える効果をじっとうかがって、快感を何分間にも引き延ばそうとした。その得体の知れない欲望には、何かがひっくり返ってしまうかもしれないという不安が付きまとっていたが、それは決して起こらなかった。

中学校入学をもって私たちののんきな時代は終わりを告げた。赤くてぬるぬるした液体が私の太腿の間を流れ始めた。「さあ、あなたも大人になったのよ」と母が言った。父が私の視界から消えて以来、私は男性の視線を惹き付けようと必死になっていた。しかし努力しても無駄だった。私は醜くて何の魅力もなかった。とてもきれいで、街を歩くと通りすがりの男の子たちから口笛を吹かれるようになっていたアジアとは違って。

ジュリアンと私は十二歳の誕生日を祝ったばかりだった。私たちはたまに、夜、きわどい遊びに入る前、おざなりにキスを交わしたが、私たちの共犯関係が恋愛の形をとることは決してなかった。二人の間にはいかなる愛情も、相手の昼間の生活に対する関心もなかった。手を繋ぐことさえなかった。それは、夜の間、羽ペンを使って行うあらゆる秘め事よりずっと私たちを気後れさせる仕草だった。私たちの関係は親たちが言うような「婚約者同士」でないことだけは確かだった。

ジュリアンは中学校で私と距離を取り始めた。二人はどちらかの家で何度か会ったが、その間は互いに知らない者同士のように何週間も過ごした。彼はやれ誰々が好きとか女の子のことを話した。私は自分の失望を悟られないようにして、彼の話を聞いていた。自分が誰からも好かれないということを思わずにはいられなかった。ある日運動場の真ん中で、男子の一人が、胸がぺたんこで背ばかり高く、髪をいつも真ん中分けにしている私を、あろうことかヒキガエルと呼んだ。アジアは遠くへ引っ越してしまっていた。私はこの年頃の女の子の例に漏れず、手帳を買い日記を付け始めた。思春期は私につれないものだったので、私は身を焼くような孤独しか感じなかった。

悪いことは重なるもので、一階のあの小さな出版社は店じまいしてしまった。母は家計をやりくりするために、自宅で旅行ガイドブックに何時間も覆いかぶさるようにして、紙面を何キロメートルも駆け巡るように、たくさんのページを次々と校正していった。今や出費を切り詰めなければならなかった。無駄遣いしないよう、電灯も消さなければいけなかった。パーティをすることもあまりなくなり、家でピアノを弾いたり大声で歌を歌ったりしていた友人たちも徐々に来なくなった。あれほど美しかった母は、元気がなくなり家に引きこもるようになった。飲み過ぎで体重が増え、身なりにもかまわなくなって、現実を忘れるために何時間もテレビの前で過ごすようになった。母は離婚後の生活が自分自身にとってと同じくらいに、私にとっても大変だということに気付かないほどうちひしがれていた。

私の現実に底知れぬ虚しさを残していった、名簿に名前は載っているのにいつも不在の幽霊会員のような父親。読書に対する際立った嗜好。性に対するかなりの早熟さ。そしてとりわけ、見守られたいという途方もない欲求。
ここにすべての条件が整った。

II

餌食

La proie

同　意――倫理的分野：自由意志によって、物事を全面的に受け入れ履行することを約束する行為。法律分野：未成年者の父母あるいは後見人によって与えられる婚姻の許可。

――『フランス語宝典』*

ある晩母は有名な作家たちが招待されている夕食会に、無理やり私を連れて行った。私は初め行くことをかたくなに拒んでいた。その頃の私は、クラスメートたちと一緒にいるのが嫌で彼らからますます遠ざかるようになっていたが、それと同じくらい母の友人たちと顔を合わせるのも嫌になっていた。私は十三歳にしていっぱしの厭世家だった。母は私に一緒に来て欲しいと頼んだり怒って見せたりしていたが、最後には私が母のことを大好きなのをいいことに言うことをきかせようとした。私は家で一人、本を読みながら待っているわけにはいかなくなった。そもそも母の友人たちが私に何をしたというのだ。どうしてもう彼らに会いたくないのだろう？　結局、私は母の強引な粘りに根負

* *Trésor de la langue française*: 現代フランス語辞典。1971年から1994年にかけて全16巻が出版された。現在は、インターネット上で無料公開されている。

けした。

　彼は斜め四十五度の角度でテーブルに着いていた。申し分のない貫禄だ。年齢のわからないハンサムな男性で、念入りに手入れされたつるつるの頭のため、仏教の僧侶のような雰囲気を醸し出していた。彼は私の一挙手一投足を観察しているようだった。そしてついに私が意を決して振り返ると、こちらに向かって微笑みかけた。私はこの微笑みを、最初の瞬間から父親の微笑みと混同してしまった。なぜならその微笑みは大人の男の微笑みだったから。そして私にはもう父親の微笑みを見ることはできなかったから。私はこの男が作家だとすぐにわかった。気の利いた受け答えと絶妙な引用を駆使して、まわりの人々を魅了するすべを知っており、社交の場であるパーティでの作法を熟知している。彼が口を開くたびにあちこちで笑いがわき起こった。しかし彼が楽しんでいるような、そして誘うような眼差しでじっと見つめているのは私だ。私はそれまで男性からこんな風に見つめられたことはなかった。

　私は即座に彼の名前を覚えてしまったが、最初に私の好奇心をかき立てたのはその名前のスラブ風の響きだ。それは単なる偶然の巡り合わせに過ぎないけれど、私の名字も同じスラブ系のボヘミア地方に由来していて、私の血の四分の一はボヘミア人の血だ。そういうわけで私は同じボヘミア出身の作家カフカに強い興味を抱き、ちょうど『変身』を読み終えたところだった。そしてドストエフスキーの小説は、まさに思春期にあった私にとって文学の最高峰だった。ロシア系の名字、仏教の修道僧のように痩せた身体、神秘的な青い瞳、私の関心を惹き付けるにはそれで十分だった。

母が招かれている夕食会では、私はたいてい隣の部屋で、食堂から聞こえてくる会話にうわべでは関心なさそうにしながら、一生懸命耳を澄ましていた。しかしそのざわめきが子守唄になって、そのうちにうとうとしてしまうのだ。その夜も持参した本を持って、メインディッシュの後、チーズが給仕され始めた食堂から隣の小さなラウンジへと避難した（延々と続く料理と、やはり果てしなく繰り返されるインターバル）。しばらくは読書に没頭していたが、食堂の奥からずっと私の頬を優しくなでるように見つめるGの視線を感じて集中できなくなり、それ以上読み続けられなくなった。Sの音にかすかにシュの音が混ざる男性的でも女性的でもない彼の声が、媚薬のように、あるいは魔法の呪文のように私の中に忍び込んで来た。一つひとつの言葉やその調子の変化が私に向けられているようだった。でもそのことに気付いていたのは私だけだったのではないだろうか？

この男の存在感は広大無辺だった。

帰る時間がやって来た。私がずっと夢に見ただけではないかと怯えていたこの時間、私が初めて異性から好かれていると感じてときめいたこの時間が、間もなく終わってしまう。何分か後にさよならしてしまったら、もう二度と彼の消息を耳にすることはないだろう。ところがコートを着ている時、母が媚びるように、その魅力溢れるGと話しているのが見えた。彼の方もごく自然に、その駆け引きに乗ろうとしているようだった。私はうろたえた。だって、この男性がヒキガエルのように醜い、ただの小娘でしかない私に好意を持つかもしれないなんて、いったいどうしたらそんな風に思うことができただろう？　Gと母はさらに一言二言、言葉を交わした。母は彼の優しい言葉に嬉しそうに笑って、いきなり私に言った。

「こっちにいらっしゃい。まずミシェルを送って、それからGを送ってから帰るから。Gは私たちの家の近所に住んでいるのよ。」

車の中で、Gは後部座席の私の隣に座った。何か得体の知れない磁石のような力が私たちの間に流れていた。彼の腕は私の腕に押しあてられ、視線は私に張り付いている。そして黄金色の肉食獣のような貪欲な微笑み。言葉は必要なかった。

その夜、私が夕食会に持っていって小さなラウンジで読んでいたのは、バルザックの『ウジェニー・グランデ』〔*Eugénie Grandet*：『人間喜劇』の中の最初の巻〕だった。「大人になったばか正直者《アンジェニュー・グランディ》」〔L'ingenue grandit〕という駄洒落には長い間気付かなかったが、この言葉は、私がまさにこれから演じようとしている人間喜劇の幕開けにふさわしいタイトルになった。

彼と初めて会った翌週、私は早速本屋に行った。Gの本を一冊買おうとしたのだが、その時店員が、私があてずっぽうに選んだ本ではなく別の本を薦めたので驚いた。「あなたにふさわしいのはこちらの本です」と、まるで神のお告げを伝えるかのように言った。店内の壁に沿ってならぶ時代を代表する作家の肖像の垂れ幕の中で、高名な作家たちと同じサイズの垂れ幕に印刷されたGのモノクロのポートレートが際立って見えた。最初のページをめくってみると、そこには驚くような（さらなる）偶然の一致があった。最初の文章が、二文めでも三文めでもなく本文が始まるまさに第一文、古今の作家たちが全精力を傾けるという冒頭が、まさしく私の生年月日で始まっていたのだ。年も月も日もまるっきり同じだった。「この一九七二年三月十六日木曜日、リュクサンブール駅の時計は昼の十二時三十分を指していた……」。これが何かの前兆でなくて何だろう！私は心が揺さぶられるほど感激して、この大切な本を携えてその場を離れた。それが運命の贈り物であるかのように、強く強く胸に抱きしめて。

二日間ぶっ続けで、私は貪るようにその小説を読んだ。その作品には世間のひんしゅくを買うような部分はまったくなかったが（書店員の選択にぬかりはなかった）、語り手は自分の同世代の女性が持つ美しさより、少女たちの美に魅力を感じると正直にほのめかしていた。これほど才能豊かで輝かしい（実際には、私を天にも昇る気分にさせた彼の私を見る目の輝きを思い出して、そう思ったのかもしれないが）高名な作家と知り合えたなんて、私は何と幸運なんだろうと夢見心地だった。そして少しずつ私は変わっていった。鏡を見るようになり、今では自分のことをかなり美しいと思うようになった。私を逃げ出させた商店のショーウインドーに映ったヒキガエルの影は、消えてしまった。男性に、しかも「文筆家」にじっと見つめられて、嬉しく思わずにいられるだろうか？　子供の頃から本は私にとって兄弟姉妹であり、旅の道連れであり、教師であり、友であった。だから私は「大作家」を盲目的に崇拝するあまり、最初からその人自身とその人の芸術家としてのステイタスとを混同してしまった。

毎日の郵便物を取って来るのは私の役目だった。中学校から帰って来ると管理人がそれらを手渡してくれた。私は役所からの雑多な手紙の間に、自分の名前と住所を見つけた。それは、トルコブルーのインクで、宛名全体が封筒の斜め上に向かって、今にも飛び立ちそうにやや左に傾いた丁寧な筆跡で書かれていた。裏側には、同じトルコブルーのインクでGの氏名が書かれていた。

それ以降、私への褒め言葉がちりばめられ、見事な文章がならんだ手紙が、大量に送られてくることになった。ちょっとしたことだが私にとってとても重要だったのは、Gが私に対して、まるで私が大人であるかのように敬語を使っていたことだ。中学校の先生以外に、まわりで私に向かって、こんな風に「あなた」と呼び掛けてくれた人は今までいなかったし、Gは最初から私を自分と同等に扱ってくれたので、私の自尊心は一瞬で満たされた。初めのうちは返事を書く勇気がなかった。しかしGはそんなことで諦めるような男ではなかった。彼は時には日に二通も手紙をよこした。それ以降、私は母がGの手紙に気付かないように、朝夕管理人室に寄った。これらの手紙をこっそりと大切に肌身離さず持ち歩き、このことを誰にも話さないように気を付けていた。そしてGから何度も頼まれた末、ついに勇気を奮い起こして返事を書いた。私の返事はそっけなくてまじめくさったものだったが、それでも返事に変わりはなかった。私は十四歳になったばかりだった。彼は間もなく五十歳だった。でも、それがどうしたっていうの？

私が誘いに乗ったと見ると、Gはわずかの時間も無駄にはしなかった。道端で待ち伏せしたり、私が住んでいる辺りをそこらじゅう歩きまわったりして、私とばったり出くわそうとしていたが、その機会は間もなくやって来た。私たちは二言三言言葉を交わしたが、私は再び恋愛に臆病になっていた。今やいつどこででも彼とばったり出会うかもしれないと思っていたので、中学校へ行く時も、帰りに買い物したりクラスメートとその辺をぶらぶらしたりする時も、常に目に見えないGの存在を意識していた。ある日、彼は手紙で会う日時を指定してきた。電話は母が取るかもしれないので危険すぎると書いてあった。

彼はサン・ミシェル大通り〔五区と六区の区界を走る〕の二十七番線のバス停の前で待つよう要求してきた。私は時間通りに着いたが、とんでもない間違いを犯しているように感じ、いてもたってもいられなかった。私はどこか近くのカフェでお茶を飲むものと思い込んでいた。おしゃべりをしてお互いのことを知るために。しかし、彼は現れるとすぐに、「おやつ」を食べるために私を自分の家に招待するつもりだと言った。そして超高級な店の名を挙げて、自分も食べたそうにしながら、おいしいケーキを買ってあるんだと言った。私だけのために。彼は話しながら平然と道路を渡った。私は、彼の言葉にぼうっとなって無意識に後に続き、気が付くと反対方向のバス停の前にいた。バスが到着すると、彼は微笑んで「怖がらなくても大丈夫」と私を安心させるように言ってバスに乗せようとした。「悪いことなど何も起こりませんよ！」。彼は私がためらっているのを見て、がっかりしたようだった。こんなことになるとは思ってもみなかった。不意を衝かれ、何もできない間抜けみたいに思われるのは絶対に嫌だった。そして何より、世間知らずの小娘と見られたくなかった。「世間の人たちが私について言いふらしている悪口など信じてはいけません。さあ、乗って！」。しかし、私のためらいはまわりの人たちの意見とは何の関係もなかった。彼についての悪口を私に言った人などいなかった。なぜなら、私はこの約束を誰にも話していなかった。

バスはものすごいスピードで走って行った。サン・ミシェル大通りからリュクサンブール公園〔六区。オデオン地区〕に沿って進む間、Gは私に屈託なく微笑みかけ、共犯者のように熱っぽいウィンクをすると、じっと私を見つめていた。いい天気だった。わずか停留所二つでもう彼の家がある建物の足元に着いた。これも予想外だった。ちょっと歩けばよかったんじゃないの？

エレベーターがなかったので、私たちは七階まで狭い階段を登らなければならなかった。「私は屋根裏部屋に住んでいるのですよ。作家というものはとてもお金持ちだと思っているのでしょうね。ところが、ねえ、文学ではほとんど食べていけないのですよ。でもね、私はここにとても満足しています。学生のような暮らしが私にはぴったりなんです。贅沢や便利さからは、めったに芸術的なインスピレーションは生まれませんん……」

二人ならんで七階まで登るには階段は狭すぎた。私は一見すごく落ち着いて見えたかもしれないが、胸の中では心臓がまるでドラムのように鳴っていた。

彼は私がびくついていたのを見抜いていたに違いない。だから私の前を歩いて、私にまだ引き返すことができると思わせて、罠にはまったと感じさせないようにしたのだろう。私は一瞬、一目散に逃げ出してしまおうかと思った。でもGは階段を登りながら、十分前に出会ったばかりの女の子を初めて自分の部屋に誘って有頂天になっている若者のように、明るく話し続けていた。彼の足取りはスポーツ選手のようにしなやかで、ただの一度も息切れしなかった。彼はスポーツ選手並の肉体を備えていた。

ドアを開くと散らかった部屋が見えた。一番奥にある簡素なキッチンは椅子が一脚しか置けないほど狭かった。お茶を沸かすものを探しても、卵を焼くためのフライパンしかなかった。「ここで執筆しているのですよ」。彼は厳かな調子で言った。確かに、流し台と冷蔵庫に挟まれた小さなテーブルの上に、タイプライターと白紙の山が鎮座していた。部屋の中は香《こう》とほこりの混ざった匂いがした。太陽の光が窓から差し込んでいた。円卓の上にブロンズの小さな仏像が乗っていたが、その円卓は脚が一本なくなっていて、倒れないように積み上げられた本で支えられていた。一目でインド旅行の土産だとわかる、鼻を高く上げた象が板張りの床と小さなペルシャじゅうたんとの境で迷子になって途方にくれていた。チュニジアのスリッパ《バブーシュ》、本、そしてまた本。高さも色も厚さも大きさも違う何十もの本の山が、床一面を埋め尽くしていた……。Gが座ってくださいと言った。しかし、この部屋で二人で座れる唯一の場所、それはベッドだった。
私は床に下ろした足を動かすことができず、手のひらをぴったり閉じた膝の上に乗せ、背筋を伸ばして緊張して座っていた。そして視線を巡らせて、自分がなぜここにいるのかを教えてくれる手がかりを探した。少し前から私の鼓動はさらに速くなっていた。そうでなければ、時間自体の進む速度が変わっていたのかもしれない。いずれにせよ、私は立ち上がって部屋から出て行くことができた。Gは私に恐怖を植え付けようとしたわけでもないし、私の意に反してとどまるように無理強いしたわけでもなかった。それは確かだ。これから状況が変わっていくことはわかっていたけれど、私は立ち上がらず、何も言わなかった。Gは夢の中のように移動したので、私は彼が近づいたことに気付かなかったが、突然、彼はそこにいた。すぐ隣に座って私の震える肩を抱いていたのだ。

彼の家で過ごした最初の午後、Gはこの上なく優しかった。長い時間私を抱きしめ、肩をなでさすり、セーターの下に手を忍び込ませた。彼は決してセーターを脱ぐようにとは言わなかった。結局私が自分から脱いだのだ。私たちは車の後部座席で恋愛のまね事をしている、臆病な思春期の若者たちのようだった。身体に力が入らない私は勇気がまったく出ず、麻痺していたけれど、私に覆いかぶさる彼の顔に指先でそっと触れながら、彼の唇や口に意識を集中していた。その時間はとても長く感じられた。家に帰った時も、私の頬は燃えるように熱く、唇は腫れ、胸は今まで感じたことのない喜びでいっぱいだった。

「まったく、何でたらめ言っているの！」

「でたらめじゃない、誓うわ、本当よ。見て、彼が私に詩を書いてくれたのよ。」

母は半信半疑で不愉快そうに顔を歪ませて、私が差し出した紙を取り上げた。その驚愕の表情にはわずかながら嫉妬さえ混じっていた。考えてみれば、あの夜家まで送るという母の申し出に彼があんなにも快く応えたのは、彼が自分の魅力に無関心ではいられなかったからだと母は思っていたに違いない。母は、私が早くも自分のライバルになったのだと気付いて愕然とし、思わず逆上したのだ。しかし落ち着きを取り戻すと、私に向かって、私がGに対して思いもしなかった言葉を浴びせてきた。

「そういうのを小児性愛者《ペドフィル》と言うのよ、知らないの？」

「何て言ったの？　彼がその何とかだから、ママは彼に家まで送るって言って、娘と一緒に後部座席に座らせたわけ？　それに、それが何だって言うの。そんなのどうでもいい。私は八歳の子供じゃない！」

売り言葉に買い言葉で、母は私を寄宿舎に入れると脅した。屋根裏部屋に怒鳴り声が響き渡った。どうして母に私の恋を奪われなければならないのか？　最初で最後の、そして唯一の恋を。母は私から父親を奪った時のように(もちろんこの際すべて母の責任だ)、今回も私が黙って母に従うと思い込んでいるのだろうか? 彼と別れるなんて絶対に嫌。そんなことするくらいなら死んだ方がましだ。

再びGから手紙が続々と送られて来た。手紙は以前のものよりもさらに情熱的で、私への愛がいろいろな表現で述べられていた。その中で、できるだけ早く会いに来てくれるようにと懇願し、私がいなければ生きていけない、私の腕の中でなければもう一分たりとも生きる価値がない、と訴えていた。私はたちまち女神になっていた。

次の土曜日、母にはクラスメートの家で宿題をすると言ってGを訪ねた。どうしたらこの肉食獣めいた微笑みを、にこやかな瞳を、長くほっそりとした気品のある手を拒むことができるだろうか？

数分後、私は彼のベッドに横たわっていたが、それは私が今まで経験してきたこととはまったく違っていた。私の身体に押し付けられているのはもう、甘酸っぱい息の匂いのする、思春期特有のビロードのように滑らかな肌をした、ジュリアンの幼くて華奢な身体ではない。それは大人の男の身体だった。ごつごつとして力強く、シャワーを浴びたばかりでいい香りがする。

初めてのデートの時、Gは私の上半身だけを愛撫した。しかし今回は、大胆により秘めやかな部分に挑もうとした。そのためには、Gは私の靴紐をほどき、ジーンズや木綿のショーツを脱がせなければならなかった（私はいわゆる女性らしい下着を持っていなかった。Gはそのことを知って大喜びしたが、私は喜んでいるGにまだちょっとした戸惑いを覚えただけだった）。彼がこの一連の動作に性的な喜びを感じていることは明白だった。

その時彼は媚びるような調子で、自分の経験とテクニックのおかげで、すごく若い女の子たちにまったく痛みを感じさせずに、初めての性体験をさせてあげられるのだと自慢した。そして、その体験は感動的な思い出として生涯残るので、他の誰かとではなく彼と出会った少女たちは本当についているとまで言った。というのも、ほんの少しの思いやりもなく手荒くマットレスに押さえつけて、身動きできなくするような粗暴な男と出会っていたら、このたった一度の経験が生涯苦い幻滅を残すことになってしまうから。

しかし私の場合は例外だった。彼は私の身体を開くことができなかった。私は自分の動きをコントロールできず、反射的に太腿をきつく閉じた。彼が触りもしないうちに痛くてうめき声をあげた。それでも私はたった一つのことしか望んでいなかった。こんなこと何でもないんだという気持ちと、感傷的な気分が混じり合う中で、心の中ではすでに逃れられないこととしてこの運命を受け入れていた。Gは私の初めての恋人になるの。だから私がここで、彼のベッドで横たわっているのは、まさにそのためなの。それなのに、どうして私の身体はそのことを受け入れないの？　この抑えきれない恐怖はなぜ？

Ｇは慌てなかった。彼は励ましの言葉を囁いた。

「大したことじゃありません。待てばいいのです。別のやり方が見つかりますよ。」

教会に入る前に水で清め十字を切らなければならないように、少女たちの身も心もすっかり自分のものとするには、ある種の神聖な気持ちがなくてはならない。つまり、確固とした儀式が不可欠なのだ。アナル・セックスにも様々な規則があって、それに従い細心の注意を払って準備される。

Ｇは私をマットレスにうつ伏せにして、私の身体を隅から隅まで、頭からつま先へと舐めていった。首、肩、背中、腰、お尻。この世から私という存在が消えてしまったかのようだった。そして彼の貪欲な舌が私の中に入って来た時、私の理性は飛んで行った。

このようにして私は処女の最初の部分を失った。「男の子のようにね」、とＧがそっと私に耳うちした。

私は恋をしている。そして生まれて初めて愛されている。そう思うだけで、どんな不都合も受け入れることができたし、私たちの関係についてあれこれ思い悩まずにすんだ。

初めの頃、Gと一緒にベッドで過ごした後、私は特に二つのこと、彼が立っておしっこをするところと髭を剃るところを見て感動した。こうした仕草は、ずっと長い間女性の習慣しか知らなかった私の世界に、初めて入ってきたかのようだった。

私がGの腕の中で発見した大人の性の世界は、その時までまったく近寄れなかったので、私にとっては新大陸だった。私は特権を与えられた教え子のように熱心にこの男の身体を探索していった。感謝の念とともに彼の教えを吸収し、その実践に没頭した。私は自分が選ばれたのだと思っていた。

実際Gは、彼のいくつかの作品に描かれているように、それまで自分は自堕落な生活を送ってきたと打ち明けた。ひざまずき涙で目を潤ませて、すべての恋人と別れると約束した。そして、これまでの人生でこれほど幸せだったことはなく、二人の出会いは奇跡であり、まさに神からの贈り物だと囁いた。

最初のうち、Gは私を美術館や時には劇場に連れて行った。またレコードをくれたり読書するように勧めたりした。私たちはすれ違う人たちの、詮索するような、疑わしそうな、非難がましい、時には大っぴらに憎しみさえ込められた眼差しを無視して、リュクサンブール公園の散歩道を手を繋いで歩いたり、パリの街をぶらついたりして、どれほど多くの時間を一緒に過ごしただろうか?

これから開く小学校の門の前で、大好きなパパかママの顔が現れるのを、不安と期待の入り混じった気持ちで待っているような、そんな年齢の頃に、両親が小学校に迎えに来てくれたという記憶が私にはなかった。母はいつも遅くまで働いていたので、私は一人で学校から帰っていた。父は私が通っていた小学校がある通りの名前さえ知らなかった。

それ以降、Gはほとんど毎日中学校の出入り口の辺りに立っていた。門の真正面ではなく、数メートル先の道の反対側の小さな空き地にいたので、群がってはしゃいでいる少年たちの向こうに、私はすぐに、春はいつも同じ植民地スタイルのサファリジャケットを、冬は第二次世界大戦のソ連の将校を思わせる、丈の長い金ボタンがたくさんついたコートを着たGの細長いシルエットを見つけることができた。彼は正体がばれないようにと、夏も冬もサングラスをかけていた。

これは禁じられた恋だ。まっとうな人たちからは非難される。それは私にもわかっている。彼がしょっちゅうそう言っているから。だからこのことは誰にも話せない。用心しなければならない。でもどうして？　私が彼を愛していて、彼も私を愛しているから？

それにしても、サングラスをしていれば、本当に秘密は守れるのだろうか。

Ｇはまるで飢えた人のように私の身体を貪った。そしてセックスの後、部屋の中で二人、何百冊という目がくらむほどの本に囲まれてじっとしている時、Ｇは私の乱れた髪に指を入れ、赤ん坊のように腕に抱いてゆっくりと揺すって、私を「私のかわいい子」、「かわいい生徒さん」と呼んだ。そして、幼い少女と成熟した男との間に芽生えた、世間一般の常識から外れた私たちの恋の長い物語をするのだった。

今や、とても献身的に私を教育してくれる家庭教師がいる。中学校から帰った後に彼が教えてくれることは非常に偏っていたけれど、その幅広い知識は私を魅了し、彼に憧れる気持ちは高まるばかりだった。

「知っているかい？　古代ギリシアでは、大人が若者にセックスの手ほどきをすることが奨励されていただけでなく、むしろそれが義務だと見なされていたんだよ。十九世紀にエドガー・アラン・ポー〔一八〇九―一八四九〕がヴァージニアと結婚した時、彼女はまだ十三歳だった。聞いたことあったかい？　世の保守的な親たちが、ルイス・キャロル〔一八三二―一八九八〕がどんな人間だったかをまったく知りもしないで、こぞって寝る前の子供たちに『不思議の国のアリス』を読んでやっているかと思うと、大声で笑いたくなるよ。彼はカメラに熱中していて、取り憑かれたように少女たちのポートレートを撮り続けていたんだ。何百枚もの写真の中には物語のモデルになった本物のアリスのもあった。彼女のおかげであの傑作の主人公が生まれたんだ。恋が彼の一生を変えたんだよ。彼女の写真はもう見たね？」

そのアルバムは本棚の一番目立つ位置にあった。また彼はイリーナ・イヨネスコ〔一九三〇―。ルーマニア系フランス人の女性写真家〕が娘のエヴァを撮ったエロティックな写真も見せてくれた。人形のような愛くるしい顔に娼婦のような化粧をし、太腿までの黒いストッキングだけを身に着けて両脚を開いたエヴァは、当時わずか八歳だった（後にエヴァの親権は母親から取り上げられ、十三歳の時には社会保険地方局〔一九六四年創設の地方官庁。保健衛生、社会福祉、社会医療の各分野をつかさどった。二〇一〇年廃止。〕に移されたが、Gはそれには触れなかった）。

別の時には、ロマン・ポランスキー〔一九三三―。フランスとポーランドの二重国籍を持つ映画監督〕が映画を撮れなくなったのは、性的欲求不満で融通の利かないアメリカ人たちが、彼を不当に攻撃したせいだと言って毒づいた。

「清教徒どもがすべてをごちゃ混ぜにしているんだ。強姦されたと証言している少女は、ポランスキーを妬んでいる連中に利用されているんだよ〔ポランスキーは一九七七年、十三歳の少女への強姦容疑で逮捕された。その後司法取引で罪状を認めたものの、翌一九七八年、判決を受ける前にアメリカを出国。カリフォルニア州検察当局は、いまだに起訴取り下げを拒否している。〕。彼女は同意していたのさ。そんなことは言うまでもない。それからデイヴィッド・ハミルトン〔一九三三―二〇一六。写真家、映画監督。二〇一六年、未成年時にモデルを務めた女性たちが性的暴行を告発〕

のこともだ。モデルになった少女たちがみんな、何も考えずにカメラの前に身体をさらしたと思うかい? そんなことを本気で信じているとしたら、よほどおめでたいよ……」

彼の文句は際限なく続いた。これほど示唆に富んだたくさんの実例を挙げられて、どうして感服しないでいられよう。十四歳の少女にも自分の好きな人を愛する権利や自由がある。私はこの教えをしっかり記憶にとどめた。そして私の人生は、文学者の影にいてインスピレーションを与える女の人生になった。

初め、母にとってこの状況はまったく喜ばしいものではなかった。しかし驚きやショックがひと段落すると、彼女は友人に相談し、まわりの人々に意見を求めた。そして誰もこの状況を特に心配していないのだと悟らざるを得なかった。私の決心が固いのを見て、だんだん成り行きに任せることにした。たぶん母は私のことを、実際以上にしっかりしていて大人だと思っていたのだろう。それに、あまりにも孤独で他にどうしようもなかったのかもしれない。おそらく彼女にも隣にいてくれる男性が必要だったのだと思う。娘の父親になり、こうした異常なこと、こうした血迷ったこと、こうしたあれやこれやに真っ向から反対するような男性が。こうした状況の責任を引き受ける誰かが。

そのうえ、文学界を取り巻く状況や時代そのものが寛大すぎたのだろう。

実際私がGと出会う十年ほど前、七〇年代末には、大勢の左翼のジャーナリストや知識人が、十代の少年少女と「犯罪とされる」関係を持ったとして告発された人々を公然と支持していた。一九七七年、『ル・モンド』紙〔フランスの日刊の夕刊新聞。論調は中道左派〕は、未成年者と成人が性的関係を持つことを、処罰の対象から除外することに賛同する「ある裁判に関して」と題された公開状を掲載した。そして、その公開状に署名した傑出した知識人や精神分析学者、高名な哲学者、最高の栄誉を手に入れた作家の大部分は左翼だった。そこには、ロラン・バルト〔一九一五－八〇。文芸批評家、記号論学者〕、ジル・ドゥルーズ〔一九二五－九五。哲学者〕、シモーヌ・ド・ボーヴォワール〔一九〇八－八六。作家、思想家〕、ジャン＝ポール・サルトル〔一九〇五－八〇。哲学者、作家〕、アンドレ・グリュックスマン〔一九三七－二〇一五。批評家〕、ルイ・アラゴン〔一八九七－一九八二。作家、批評家〕……らの名前があった。この文書は、十三歳と十四歳の未成年者と性的関係を持った（そのうえ彼女たちの写真を撮った）として裁判を待っている三人の男性の拘留に抗議していた。

「子供たちはまったく暴力を受けておらず、それどころか同意の上であったと予審判事にははっきりと述べているにもかかわらず（裁判所は目下のところ彼女たちが同意する権利をまったく認めていないが）、単なる個人の生活態度についての事案を審議にかけるのに、これほど長い期間にわたって予防拘禁すること自体、われわれにとってはすでにスキャンダルである」とまで書いていた。

嘆願書にはG・M〔Gabriel Matzneff. ガブリエル・マツネフ。本文中のG〕の署名もある。彼は二〇一三年になって初めて、この嘆願を呼び掛けたのは自分であったが（執筆者でさえあった）、当時署名を集める際、断られたことはほとんどなかったと明かした（賛同者の中でも特筆すべきは、マルグリット・デュラス〔一九一四－九六。作家、映画監督〕、エレーヌ・シクスー〔一九三七－。フェミニストの作家、批評家〕、そして……ミシェル・フーコー〔一九二六－八四。哲学者〕だ。しかし、あらゆる種類の抑圧に対する告発はこの後も続いた）。同じ年、『ル・モンド』紙にはさらにもう一つ嘆願書が掲載された。「未成年者と成人の間の性的関係に関する刑法改正へのアピール」と題されたそれは、より多くの賛同を集めた（前述の名前に加えて、フランソワーズ・ドルト〔一九〇八―八八。精神分析家〕、ルイ・アルチュセール〔一九一八―九〇。マルクス主義哲学者〕、ジャック・デリダ〔一九三〇―二〇〇四。哲学者〕の名前を挙げるにとどめるが、公開状には当時最も注目されていた知識人、八十人の署名が記されていた）。また、一九七九年に今度は『リベラシオン』紙〔フランスの日刊新聞。一九七三年、ジャン＝ポール・サルトルが関与して創刊。創刊当初は極左だったが、現在は中道左派〕に掲載された、六歳から十二歳の少女たちと生活をともにし、性的関係を持った罪で起訴されたジェラール・Rなる人物を擁護する嘆願書にも、多数の文学界の著名人の署名があった。

これに関連してきわめて問題のある討論番組を放送したメディアは、三十年後、次々に自らの過ちを公式に認めた。結局、メディアは時代を反映するものでしかないという申し開きとともに。

これらの左翼の知識人たちは、今日では破廉恥と思われる立場を、どうしてあれほど熱烈に擁護したのか？　特に成人と未成年者との間の性的関係に関して刑法の適用を緩和することと、「性的関係における成人」〔性的関係において一人前と見なされる年齢。十五歳以上。成人が十五歳未満の未成年者と性的関係を持った場合、未成年者側の同意の有無にかかわらず刑法上罪に問われる。〕の廃止について。

七〇年代人々は、性道徳からの解放、セックス革命の名のもとに、あらゆる人が性的快楽を享受する自由を守らなければならなかったのだ。若者のセックスを制限することは社会的抑圧を助長することに繋がり、セックスを同じ年齢層の者同士に限定することは、一種の差別であった。欲望を解放せよ、あらゆる抑圧をはねのけるために戦えというのが、よほどの堅物か少数の保守的な判決を支持する人々以外、誰も文句のつけようのない、この時代のスローガンだった。

しかし後になって、嘆願書に署名をしたほとんどの人々は、署名したのは時代の潮流に流されてしまったためであり、無分別であったと謝罪することになる。

私が育った八〇年代、私のまわりにはまだこうした風潮が残っていた。母は「私が十代だった頃、肉体《からだ》や性欲に関することはまだタブーだった。親が私にセックスについて話すことなんて絶対になかったわ」と打ち明けた。一九六八年の五月革命が起きた時、十八歳になったばかりだった母は、まず枠にはまった教育制度から、次に早すぎる結婚で一緒になった横暴な夫の支配から解放されなければならなかった。ゴダール〔一九三〇―。映画監督〕やクロード・ソーテ〔一九二四―二〇〇〇。映画監督〕の映画のヒロインのように、何よりも「自分の人生を生きる」〔ゴダール監督『男と女のいる舗道』の原題〕ことに憧れていた。「禁止は禁止だ」という五月革命のスローガンは、おそらく今でもマントラのように母の内にあるのだろう。時代の影響から逃れることはそれほど簡単ではない。

このような背景の中で、母は最後にはGが私たちの生活に入ってくるのを許した。私たちの関係を許すなんてまったくどうかしている。そのことは母自身にも内心わかっていたと思う。しかしそのせいで、将来、誰よりも実の娘から猛烈に責められるかもしれないと考えなかったのだろうか？　そして私の非難が彼女に反駁する隙を与えないほど執拗だということを？　いずれにしても、母はGに一つのことを約束をさせただけだった。彼は、私に絶対に辛い思いをさせないと誓わなければならなかった。ある日彼の方から私にそのことを話した。私にはその場面が想像できた。彼は母の目を見て厳かに言ったのだろう、「私は誓います！」と。

時おり、母はGをアパルトマンの小さな屋根裏部屋での夕食に招いた。食卓で、ももい肉のさやいんげん添えを囲んだ私たち三人は、まるで仲のいい家族みたいだった。ついに仲直りしたパパとママ、そして真ん中に嬉しさでいっぱいの私。三位一体の父と子と精霊が再び一体となったかのように。

何とも破廉恥で常軌を逸していることだが、Gは母が私に与えることができなかった理想の父親なのだという考えが私に芽生えた。おそらく母も無意識のうちに、同じように考えていた。

それに、母はこの異常な状況を心底嫌がっているわけではなかった。何か価値のあることとさえ見なしていた。自由気ままに生きている芸術家やインテリの世界では、モラルから逸脱した行為は寛大に受け入れられるばかりか、ある種の称賛の的にもなる。そして、Ｇは有名な作家だ。結局それが、母の自尊心を満足させた。

これほど芸術家が影響力を持つ世界でなければ、事の成り行きはおそらく違っていただろう。男の方は刑務所に送られていたかもしれない。少女の方は心理カウンセラーに会いに行き、東洋趣味のインテリアの診察室で、二人で行ったゴム紐で琥珀色の尻を叩く行為の忘れかけていた記憶を思い出したかもしれない。それでこの件は一件落着。

「でも、おじいちゃんとおばあちゃんには、絶対に言ってはだめよ。二人には理解できないわ」。ある日、会話のついでに母が言った。

ある晩、私は左手の親指の関節に、鈍い痛みを感じた。知らないうちに手をぶつけたのかもしれないと思って、昼の間、手を使って何か激しい動きをしたか思い出そうとしたが、何も思いつかなかった。二時間後には、炎症がすべての指の関節に広がり、焼けつくような痛みに我慢ができなくなった。炎症はこんなに小さな箇所なのに、どうしてこんなに痛いの？　母は心配して緊急医療サービスを呼んだ。採血され、検査の結果、白血球の値が異常に上昇していることがわかった。私は救急外来に向かった。病院に到着した時には、痛みは他の手足の関節にまで広がっていた。そしてベッドに移された時には、もう動くことさえできなかった。完全に麻痺状態だった。医師はレンサ球菌に感染したことによる急性関節リウマチと診断した。

私は数週間の入院を余儀なくされたが、入院が果てしなく続いたように感じたのを覚えている。病気は時間の感覚を狂わせるのだ。

入院中、三人の思いがけない人物が見舞いに来た。そして、それぞれの訪問は、楽しかったり、気まずかったり、私の心をかき乱したりした。

一人目の見舞い客がやって来たのは、私が入院してまだ数日しか経っていない時だった。母が私のもとへ（彼女の友だちの誰かではなく、善意に駆り立てられた［?］）精神分析医を急いで差し向けたのだ。私に話しかけながら病室に入って来た彼は、私を一目見て明らかにとても同情していた。彼のことは、母に付いて行った夕食会で二、三度見かけたことがあった。

「V、君とちょっとおしゃべりするために来たんだ。それが君のためになると思ってね。」

「どういう意味ですか?」

「君の病気は他に原因があって、それが症状として現れていると思うんだ。もっと深いところにある不安とか。わかるかい?　中学校はどうだい?　楽しい?」

「全然楽しくない、地獄。今はほとんど行ってないの。好きじゃない授業は片っぱしからサボってるから、ママはうんざり。ママのサインをまねて嘘の欠席届を出して、何時間もカフェで煙草を吸ってるの。一度、おじいちゃんのお葬式だって書いたんだけど、さすがにその時はママも許してくれなかった!　私って本当にどうしようもないですよね?」

「この病気は、……おそらく……君が今置かれている……状況にも関係していると思うよ。」

ほら、やっぱり。最初は腫れものに触るようにしていたのに、今や私の私生活に土足で踏み込もうとしている。彼は何を考えているのだろう？　私にレンサ球菌を移したのはGだとでも言いたいのだろうか？

「状況って、どんな？　何の話をしているんですか？」

「病気になる前に、君が悩んでいたことから始めよう。僕と話してみる気はないかい？　君は頭がいいから、話すこと、それが病気の回復に役立つってことをよくわかっているんじゃないかな？　どう思う？」

私自身に本当に関心を持たれているとわかると、しかもそれがちゃんとした大人の男からのものであるとわかると、明らかに私の警戒心は崩壊してしまう。

「わかりました。」

「君はなぜそんなに授業に出ないの？　その教科が退屈だからという理由からだけかい？　僕は、何か別の理由があると思うんだ。」

「私は……えーと……何て言ったらいいのか……。みんなが、怖いんです。おかしいですよね？」

「いやちっとも。君のような人は大勢いるよ。ある状況に遭遇すると発作的に胸が締め付けられるような不安を感じたり、パニックに陥ったりするんだ。小学校や中学校は、状況が状況だから、非常に不安を引き起こしやすい。それから痛みは？　今、どこか痛い？」

「膝です。ここが、内側から焼かれているようで死ぬほど痛いんです。」

「なるほど、確かにお母さんが私に言った通りだ。興味深い。実に興味深いね……」

「へえ、興味深い？　膝がですか？」

「ねえ、膝という言葉は何を意味していると思う？　膝《ジュヌー》（genoux）という言葉を分けて理解したら、つまり分解してみたら？　私《ジュ》（je）と私たち《ヌー》（nous）になるよね。そして君の病気は「関節リウマチ」だね、だから……私が、君の問題は「私」と「私たち」とを「関節」のように繋ぐものにあると言ったら納得してくれるんじゃないかな。」

　そう言うと、精神分析医は非常に満足げな表情を浮かべた。いやむしろまさに至福の表情と言ってもいいかもしれなかった。それまでG以外に、私の膝にこんなにも関心を持った人はいなかった。私は言葉もなかった。

「時に精神的な苦悩は、それが発散されないで内にこもったままだと、痛みとして肉体を通して現れるものだ。そうしたことについてちょっと考えてごらん。さあ、これ以上は君を疲れさせないようにするよ。そもそも君は休まなければいけないんだしね。今日のところはこれくらいにしておこう。」

　精神分析医は私とGの関係について、最初に少しほのめかした以外は、一言も口にしなかったと思う。ただ私の方は、彼のことを説教好きな小父さんとしか思っていなかった。Gは私たちに非難の眼差しを投げつける人たちのことを好んでそう呼んでいた……。

そこで私はからかってみた。

「他に、私に言うことは何もないんですか？　私の状況について。」

今度は彼の方が辛辣に答えた。

「他に言ってもいいけど、君は嬉しくないだろうな。リウマチはね、本来なら君のような歳の子がかかる病気じゃないんだよ。」


数日後母の恋人が、やっぱりだしぬけにやって来た。おしゃれな蝶ネクタイをして口髭を生やしたこの男は、これまで私に親身になってくれたことなどなかった。ところが今は一人沈痛な面持ちで私の前に立っていた。私にどうしろと言うのだろう？　みんなが隠しているだけで、私はこんな風に不憫に思われるくらい生きるか死ぬかの瀬戸際にいるのだろうか？　彼は勝手にベッドの右側の椅子に腰かけ、今まで見たこともないような優しい仕草で私の手を握った。その大きな手はふくよかで生暖かく、ちょっと汗ばんでいた。

「気分はどう？　Vちゃん。」

「いいです、今は。日によりますけど……」

「そう。お母さんが君の具合はすごく悪かったって言っていたよ。よく頑張ったね。ここは、小児病院だから申し分のない治療が受けられるよ。それが一番さ！」

「来てくれてありがとう（本当のところ、彼が見舞いに来るかもしれないなんて少しも考えていなかった）。」

「当たり前のことだよ。ここ何年も、僕が君のお母さんを独占してきたことはよくわかっている。だから君は僕のことを必ずしも友だちのように思う必要はないんだ。それで……どう言えばいいかな、できれば僕は……つまり、君のお父さんは父親としての責任をまったく放棄しているんだし、僕は、もっと君の生活にかかわらなかったことに少し罪の意識を感じているんだ。君の役に立ちたいんだよ。ただどんな風にすればいいのかわからない。」

　私は微笑んだ。内心ちょっとびっくりしたが感動もしていた。それから彼はやっと私の手を放し、病室の白い壁に怯えたような視線を巡らせた。くだくだしい話をさらに続けようと、何かきっかけになるものを探していたが、最後に枕もとのテーブルに置かれた本の表紙に思いがけない助けを見つけた。

「プルーストが好きなの？　いや驚いたな、最高だよ。プルーストは僕の大好きな作家だって知ってる？」

　マルセル・プルースト〔一八七一―一九二二〕の『失われた時を求めて』の第一巻をくれたのはGだった。「あのかわいそうなマルセルの作品を理解するには、病気になるのが一番だよ。彼は痛みでベッドに横になって、咳の発作の合間に書いていたのだから……」とGは説明してくれた。

「まだ読み始めたところですけど……好きです。公爵夫人やその手のものは、あまり私の好みじゃないけど、恋の情熱について彼が書いていることには、すごく感動しました。」

「そう、まさにその通り！　恋の情熱！　それだよ！　僕が君に言いたかったのもまさにそれだ。君のお母さんとは、もう以前のようにはいかない。別れるつもりなんだ。」

「へえ、じゃあ今までは付き合っていたってことですか？　それは初耳！」

「まあ、僕の言いたいこと、最後にはわかってくれると思うけど……でも、君とは今後とも親しい関係でいたいんだ。時々は一緒にランチしようよ。」

それから彼は時計（懐中時計）を見ると、残念だけどもう行かなければならないと言って立ち上がった。さよならのキスをする時、彼の顔が勢いあまって逸れ、ごわごわした髭のある分厚い真っ赤な唇が、私の頬ではなく唇に押し付けられた。彼は真っ赤な顔をして上体を起こすと、身の置き所がないとばかりにどぎまぎして、何か恐ろしいものに追い立てられるようにそそくさと出て行った。

やり損なった行為というのは、その行為に気付いた人にだけかかわるんだ。わが新しき友の精神分析医ならそう言うかもしれない。

あの行為がわざとではないとどうして言えるだろう？　母の恋人の言っていることは、

最初は誠実そうに聞こえた。でもあんな風に顔をずらすようにしてキスされたことで、私の中に本当の動機は何だったのかという疑念が浮かんだ。

その二日後、またしても突然見舞い客が私を襲った。そしてその人物の訪問は今回もやっぱり短時間だった。結局、誰でも自由に出入りできるこの病院で、穏やかに落ち着いて過ごすことなどできなかった。病室の入り口に、私がこの三年の間ずっと忘れようとしていた顔が現れた。相変わらず人を冷やかすような顔をした父だった。彼は私をほうっておいてはくれないのだ。私は関節の痛みで夜の間ほとんど眠れなかった。疲れ果て、いらいらしていた。冗談じゃない。まったくこの男は何を考えているのだろう？駆けつけさえすれば、魔法の杖の一振りで私がすべてを忘れるとでも思ったのだろうか？　彼から音沙汰がなかったこの数年間、彼に会いたくて電話しても、新しい奥さんや彼の秘書は、彼は忙しいとか、旅行中だとか、その他いろいろな理由をならべて連絡が取れないと繰り返した。そんな風に電話しながら泣いていた長い時間を忘れられるとでも？

そんなことは絶対ない。すでに二人の関係は完全に断たれ、今さら彼に言うことは何もなかった。

「そこで何しているの？　娘のことを突然思い出したってわけ？」

「お母さんがおまえのことを心配して電話してきたんだ。とても苦しそうだって。それにどうしてこのレンサ球菌に感染したかよくわからないって。私の顔を見たらおまえも安心すると思ったんだ。」

もし私の身体が動いたら、この男を力づくでも病室の外へ追い出しただろう。

「私が病気だろうと、あんたには関係ないでしょう？」

「おまえが喜ぶと思ったんだよ。ただそれだけさ。いずれにせよおまえの父親は私だからな。」

「あんたなんかもう必要ない。わかった？」

思わず口から言葉が飛び出した。

それから、衝動的に言ってしまった。

「ある人に巡り合ったのよ。」

「ある人に巡り合ったって、どういう意味だ？　恋でもしてるっていうのか？」

「その通りよ！　だからあんたはここから出て行って、自分の大事な人生を私なしで平穏に送れるってこと。だって今は、私のことを心配してくれる人がいるんだから。」

「ああ、そういうことか。でも十四歳で誰かと恋愛関係になるのはちょっと早いとは思わないか？　そいつはどんなやつなんだ？」

「いいわ、教えてあげる。でもきっと気絶するわよ。だってその人、作家なんだもの。

天才よ。しかも信じられないことに、私のことを愛してくれてるの。Ｇ・Ｍっていう名前なのよ。聞いたことあるでしょう？」

「何だって？　あのとんでもないやつか？　私をからかっているのか、ええ？」


父はショックを受け、胸がいっぱいになったようだった。私は大いに満足して見せつけるように微笑んだ。ところが父の反応はすさまじいものだった。怒りのあまり自制が利かなくなり、パイプ椅子をつかむと持ち上げ壁に投げつけた。それから、サイドテーブルの上に置いてあった薬類を手の甲で払い落とし、おまえはちびの売春婦だ、街をうろつく尻軽女だと悪口雑言の限りを尽くし、怒鳴り散らした。そして、おまえがこうなったのもあの母親と一緒にいたからで、何ら驚きじゃない、あの女も信用できない尻軽だからな、とわめきたてた。Ｇについては、あいつは化け物だ、人間のくずだと嫌悪感をぶちまけ、病院を出たらすぐに警察に通報してやると言った。

物音に気付いた看護師が病室に入ってきて、眉一つ動かさずに、落ち着いてくださるか、さもなければ直ちにここからお引き取りくださいと頼んだ。

父は（カシミアの）コートをつかむとさっさと出て行った。彼の怒鳴り声で壁はまだ震えていた。私はショックで虚脱状態だったが、内心自分が与えた効果に満足していた。

父にすべてを話したことが、精神分析医が言うような「助けを呼ぶ合図」ではないとしたら、それが何なのか私にはわからない。しかし言うまでもなく父はGを訴えなかったし、私の前からもふっつりと姿を消した。私とGとの関係を知って、逆に、平素から私に無関心であったことの完全なアリバイを見つけたのだ。

私がこのいまいましい病院に何週間も入院していた間、Gはほとんど毎日見舞いに来ていたが、眉をひそめるような人は誰もいなかった。そして幸運にも、私の関節炎に効く薬がついに見つかった。しかし退院の前にあった次のことは、書いておいた方がいい。

私は、せっかく小児医療の専門病院にいるのだからと、婦人科の診察を勧められた。その先生はとても気配りのある人で、私の性生活に関することをいろいろと質問した。意外にも先生に対する信頼が芽生えてきて（私はいつも、魅力的なよく響く低い声や心から関心を持たれていることがわかると、たちまち簡単に心を開いてしまうのだ）、ついに私は「すごく素敵な男の子と出会って」少し前からピルを飲んでいるけれど、処女を失う時の痛みでパニックになり、自分のすべてを彼にあげることができなくて悩んでいると打ち明けた（実際、私のためらいに打ち勝とうとGが試した方法は、何週間も前にすべて失敗していた。しかし彼はそんなに気にしていないようだった。私のお尻に十分満足していたから）。先生はちょっと驚いたように眉を上げ、確かに私の経験は同じ年頃の女の子よりもずっと進んでいるようだけれど、何なりと力になろうと言ってくれた。診察後、彼は処女膜がこれほどきれいに残っているのを初めて見たと言い、まるで「聖母マリアの化身だね」と嬉しそうに言った。そしてその勢いで、私がセックスの快楽を得られるように、部分麻酔でほんの少し切開してはどうかと熱心に勧めた。

この病院は、明らかに部署間の情報の共有がうまくいっていなかった。私は、この医者が自分が行うことによって、私と毎日ベッドをともにする男が、何の不自由もなく私の身体の穴という穴を味わうことができるようになるのだとはこれっぽっちも考えていなかったと信じたい。

これが医療によるレイプ、あるいは蛮行と言えるかどうか私にはわからない。しかしそれが何であれ、ステンレスのメスの「痛みをまったく感じさせないほど熟練した」ほんの一刀で、私はとうとう女になった。

Ⅲ 支配

L'emprise

私を魅了するもの、それは性別の特徴がはっきりと定まってしまっている成熟した性よりも究極の若さだ。それは、十歳から十六歳までに当たり、第三の性という表現によって普通意味されるもの以上に、私にとっては本当の意味での第三の性のように思われる。

――G・M『十六歳以下』

ある人物からその人の個性を奪うには多くの方法がある。初めのうち、それらはまったく悪意がないように見える。

ある日、Gは私が作文を書くのを手伝ってくれようとした。おおむね成績はよかったし、特に国語の成績は抜群だったので、彼と一緒に宿題をしなければならないなんて思ってもいなかった。しかし彼はもともと人の意見に耳を貸さなかったし、そのうえ、その日の午後は機嫌がよかったので、気が付いた時にはすでに私のノートの翌日の課題のページを勝手に開いていた。

「ああ、作文か。もうやったのかい？　手伝ってあげるよ。君がすると時間がかかるからね。ふうん、どれどれ、作文のテーマは、あなたの快挙を語りなさい、か。」

「いいの、心配しないで。もう考えてあるの。後でやるわ。」

「どうして？　ちょっと手伝って欲しくないかい？　そうすればすぐだよ。君がするより早く終わるんだよ、ずっと早く……」

彼の手が私のブラウスの中に滑り込んできて、左の乳房を優しくなでた。

「やめて。セックスのことしか考えてないのね！」

「おやおや。実は私は、君の歳の頃にはすごい快挙を成し遂げていたんだよ！　私が馬術競技のチャンピオンだったたって知っていたかい？　それも文句なしのね！　そうだいつか……」

「そんなことどうでもいい！　これは私の作文なの！」

Gは顔をしかめ、ベッドの向こう端にある枕に顔を沈めた。

「いいよ、好きなようにすればいい。それなら私は本でも読んでいるよ、君は私の青春時代には興味がないようだから……」

私は後悔して、ごめんなさいのキスをするために彼の上に覆いかぶさった。

「もちろん、あなたの人生に興味はあるし、あなたのことなら何でも知りたいと思っているわ。わかってるでしょう……」

Gは跳ね起きた。

「本当かい？　本当に私の話が聞きたいかい？　じゃあ、それを一緒に書くかい？」

「まったく、あなたってどうしようもないわね！　子供みたい！　そんなことしたって結局、先生はこの作文を書いたのが私じゃないってすぐに気付くわ。」

「大丈夫、完璧に女の子のふりをして、君の言葉を使って書こう。先生は絶対に気付かないさ。」

そこで私は、青い方眼に細い赤い線が入ったノートに被さるようにして、Gの言う通りに、いつもの丁寧で生真面目な細かい文字で書き始めた。それはすごく難しい馬術競技のコースで、競技用の馬の前にそびえ立った棒を引っ掛けるどころかかすりもしないで、瞬く間に十の障害をすべて飛び越え、その技巧や上品で正確な動作に驚いた観衆に大喝采で迎えられた少女の物語だった。書き進めるうちに、馴染みのない専門用語に出くわすと、その都度Gに意味を尋ねなければならなかった。しかも私はこの短い人生で、たった一度しか馬に乗ったことがなかったし、そのうえその時は湿疹ができて咳きこみ、真っ赤な顔を水腫で二倍くらいに腫らして、泣きながら即座に病院に運ばれた。

翌日、私は恥ずかしく思いながら作文を国語の先生に提出した。その次の週、宿題の作文を返す時、先生は（作文を書いたのが私だと信じているかどうかはまったくわからなかったが）こう叫んだ。「今週はいつも以上に素晴らしかったわ、V！　二十点満点の十九点よ。何も言うことはないわ。クラスで一番よ。ねえ、よく聞いて、みんな、これからVの作文をまわすから、各自注意して読んでちょうだい。そしてお手本にしなさい！　かまわないわね、V、あなたが馬術大会でどれほどずば抜けた走りをしたか、みんなも知ることができるのだから！」

とりわけ、Gによる略奪はこのようにして始まった。

そのうちにGは私の日記にまったく興味を示さなくなり、私に何か書くよう勧めたり、私が自分の進むべき道を見つけられるよう励ますこともなくなった。

書く人、それは彼だった。

ごく限られた私の交友関係の中で、Gに対する反応は意外なものだった。男の子たちは本能的に拒絶反応を示したが、それはGにとっても好都合だった。というのも、Gの方でも彼らと知り合いになりたいなどとは、これっぽっちも望んでいなかったからだ。私はやがて知ることになるのだが、男の子で彼が好きなのはごく若い子、いくら大きくても十二歳までだ。その年齢を過ぎると、もう性的快楽の対象ではなく、ライバルなのだ。

それとは逆に、女の子たちは彼と知り合いになりたがった。ある時など自分が書いたばかりの短編小説をGに読んでもらえないかと私に頼みにきた子もいた。「プロ」の目で見てもらうことは、何事にも代えがたいほどの価値がある。当時の少女たちは、親が思っているよりはるかに抜け目がなかった。結局それはGを有頂天にさせただけだった。

その日、私がいつものように学校に遅れて行くと、コーラスの授業はもう始まっていて、クラス全員が立ち上がり声をそろえて歌っていた。私の譜面台の受け皿に置かれたペンケースのところに、四つ折りにした小さな紙切れが落っこちた。広げて読んでみると、「浮気された女」と書かれていた。二人のクラスメートが頭の上に指を立て、二本の角がせわしなく動いているような身振りをして、満足そうにほくそ笑んでいた。授業が終わってみんなが出口に押し寄せる時、私もその場からさっさと去ろうとしたが、悪ふざけを仕掛けてきた子の一人が、私にぴったり身を寄せて耳元で囁いた。「あんたの年寄りの彼氏をバスの中で見たわ。他の女の子とキスしてたわよ」。私はぎくりとしたが、表に出さないようにした。すると最後には一人の男子が面と向かって言った。「パパが、あいつは小児性愛者のげす野郎だって言ってたよ」。もちろん私はこの言葉を聞いたことがあったが、それまではあまり気にしたことがなかった。しかし今回初めてこの言葉が私の身体を貫いた。まず第一に、それが私の愛している男を指していて、彼のことを犯罪者扱いしていたから。さらに、少年の声の調子からにじみ出る軽蔑、私を被害者ではなく、共犯者だと思っているのではないかと感じたからだ。

私のまわりにはGのことを「セックスの専門家」だと言う人たちがいて、そのことをGに話すと、彼はとても腹を立てた。私はこの表現に戸惑っていた。私にとって、彼の愛は誠実なもので、疑いを差し挟む余地はなかった。私は少しずつ彼の本を読み始めた。彼自身が薦めた作品だ。彼の作品の中でも特に表現の控えめな作品、出版されたばかりの哲学辞典〔『ファラリスの雄牛：哲学辞典』一九九四年〕やいくつかの小説だ。もちろんすべてではない。彼は特にきわどい本については、開かないようにと忠告していた。そして、まるで大物政治家のように滑稽なほど真剣な断固たる態度で、胸に手を当て、それらの作品は、私のおかげで変わった今の自分にはふさわしくないと断言した。彼は何よりも、作品の中のいくつかの箇所が私にショックを与えるのではないかと恐れていた。その時彼はまるで純真無垢な小羊のようにふるまっていた。

私は長い間、許可しない作品は読まないようにという彼の言いつけに従っていた。でも、ベッドの横の本棚の特に目に付く場所に、禁じられた作品のうちの二つがならべてあった。そのうちの一冊のタイトルに目がいってしまうたびに、それらのタイトルにあざ笑われているような気がした。それでも私は、『青髭』〔シャルル・ペローの童話〕の奥方のように、言いつけを守るとGと約束していた。それはたぶん、約束を破るという考えが胸をよぎるようになるとしても、私には、私を守って窮地から救ってくれる姉がいないからだ。

彼についてのとんでもなく悪質な誹謗を耳にした時も、私は底抜けの人のよさから、Gは自分の作ったフィクションの中で自分自身をパロディ化しているのだと信じようとした。彼の作品は、自分自身を誇張し歪めたもので、特徴を大げさに描いた小説の登場人物のように、わざと自分の品位を落としたり醜く見せたりして挑発しているのだと。彼の作品は、現代版『ドリアン・グレイの肖像』〔オスカー・ワイルドの小説〕であって、彼の悪癖のはきだめであり、彼をまだ汚れを知らなかった清らかで穏やかな本来の自分に立ちかえらせ、人生を取り戻させてくれるのだ。

それにしても、彼がひどい人間だなんてことがあり得るだろうか？　私が愛する人なのに。彼のおかげで、私はもうレストランでたった一人、パパを待っている小娘ではなくなった。彼のおかげで、私はついに自分の居場所を見つけたのだ。

欠如。すべてを飲み干そうする渇きのような愛情の欠如。それはジャンキーの渇きだ。彼らは、与えられた薬が粗悪品であってもまったく気にもとめず、自分のためだと思い込んで致死量を注射してしまう。安堵と感謝と恍惚とともに。

関係が始まったばかりの頃から、私たちは手紙で連絡を取り合っていた。「まるで『危険な関係』〔ラクロの書簡体小説。十八世紀後半を舞台とする〕の時代にいるみたい」と私は無邪気に思った。すぐに文通という手段を使うようにしたのはＧだったが、たぶんそれは、第一に彼が作家だったからだろう。しかしそれだけでなく、もちろん安全、つまり詮索好きな人たちの目や耳から私たちの愛を守るためだった。私もそれに不都合を感じていなかった。話すより書く方が楽だった。クラスメートに気がねして、人前で話したり発表したりするのが苦手で、他人の視線に自分の肉体をさらして表現する演劇や芸術にはまったく向いていない私にとって、書くことはごく自然な表現手段だった。インターネットや携帯電話はまだなかった。それにＧにとって電話は、まったく情緒のない俗っぽい代物で、軽蔑の対象でしかなかった。私は丁寧にリボンを巻いた古い段ボール箱に、Ｇがいない時や何日間か会えない時に送ってくれた、燃え上がるような愛の告白の書かれた手紙の束を入れておいた。そして、Ｇも私の手紙を大事に保管してくれていることを知っていた。でも、（彼の作品の中でもまだそんなにきわどくはない）本をいくつか読み進めるうちに、彼の手紙に書かれているような自分の胸の内を吐露する言葉は、私だけに向けられたものではまったくなかったということがわかってきた。

Gは、特に二つの作品で、彼の手に負えなくなっている大勢の少女たちとの波瀾に満ちた恋愛を語っていた。彼女たちはみな、彼への恋でがんじがらめになり、Gに対して無理難題を要求し、かなりあせってことを運ぼうとしていた。ところがGは平気な顔で嘘を重ね、一日に二人、三人、時には四人とのデートの約束を綱渡りのように次から次へとこなしていた。

Gは自分の恋人にした少女たちの手紙を、ためらいもなく作品中で再現しているが、それらはみな奇妙なほど似通っている。それらは、文体や熱狂の仕方、さらには使用するボキャブラリーに応じて、長年にわたって収集・分類された一つの用例集をなしているように見える。そこからは、すべての少女たちを組み合わせて作り上げられた一人の理想的な少女のぼんやりとした声が聞こえてくる。どの少女の証言も、彼女たちの恋愛がエロイーズとアベラールの恋愛くらい清らかで〔修道士アベラールと姪で修道女のエロイーズが書簡で愛を語り合った〕、ヴァルモンとトゥールヴェル法院長夫人の恋愛と同じくらい官能的だ〔二人は『危険な関係』の登場人物〕と明かしている。まるで別の時代に生きる恋する女たちの純真で古風な手紙を読んでいるみたいだ。それは現代の若者たちの言葉ではなく、書簡体小説の中の恋人たちが使うような、普遍的で時間を超越した言葉だ。Gはこうした言葉をひそかに私たちに吹きかけ、私たちのボキャブラリーの中に忍び込ませた。こうして私たちは自分自身の言葉を奪われていった。

私自身の言葉も彼女たちの言葉と見分けがつかなかった。十四歳から十八歳の少しばかり「文学的な」少女たちはみな同じような書き方をするのだろうか？　それとも、Ｇの作品に出てくる、こうしたどれも似たような書き方のラブレターを読んで、私も影響されたのだろうか。むしろそれは、私が本能的に従おうとしていた一種の暗黙の「義務目録」だったと考えている。

今になってみれば、それが純真な子供を欺く遊びだったのだとわかる。相も変わらぬフェティシズムで、美しい盛りの少女を描いた文学を次から次へと本にして複製し続けることで、Ｇは魅力的な誘惑者のイメージを維持し続けることができる。さらにたちが悪いことに、これらの手紙はＧがみなが言うようなモンスターではないという証拠にもなる。一つひとつの愛の言葉が、彼が愛されていることのはっきりとした証であり、もっと好都合なことに、彼もまた愛することができるという明白な証なのだ。これは年若い恋人たちに対してだけでなく、読者に対してもまた偽善的なやり口だった。私は最後には、なぜ彼が出会った時から十何通もの情熱的な手紙を私に書いて来たか、その目的がわかった。Ｇは少女たちにとって恋人であると同時に作家でもあったので、彼の権威と精神的な影響力は、その時付き合っている彼の小悪魔に自分は幸せだと書かせるのに十分だった。手紙に愛の刻印が記されていれば、受け取った方はそれに応えなければならない。そこに燃えるような思いが表されていれば、それに匹敵するだけのものを示さなければならない。この無言の命令によって、少女は、Gを安心させることが自分の使命だと思い込み、警察の手入れがあった時に、自分が同意していることにどんな疑いも差し挟まれないよう、彼の与えるあらゆる快楽に身を委ねた。もちろんGは、ほんの些細な愛撫にいたるまで、セックスにかけては達人である。彼が私たちを導いたならぶもののないオルガスムスがその証拠だ！

しかし、Gとベッドをともにした性体験のない少女たちには比較する対象がないのだから、こうした証言は、実のところかなり滑稽だ。

彼の日記〔マツネフの日記は、『日記』三巻がガリマール社から刊行されているが、「黒い手帳」シリーズも含めると、一九七二年以来、おびただしい巻数が刊行されている。〕の熱心な読者は本当に気の毒だ。まんまと一杯食わされているのだから。

Gは食べていくために、メトロノームのように正確に、年に一冊のペースで作品を発表していた。彼が私たち、私たちの物語、すなわち彼が「私の贖罪」と呼んでいるものについて書き始めて数週間の間、彼は「私たちの出会いからインスピレーションを受けたこの小説は、私たちの「輝かしい」恋と美しい瞳をした十四歳の少女のために、奔放な生き方を改めた私の「改心」の崇高な証言になるだろう」と言っていた。何てロマンティックなテーマなんだろう！　ドン・ファンが性に対する熱狂から解放され、金輪際性の衝動に流されまいと決心し、別人になると誓う。まさにキューピッドの恋の矢と一緒に恩寵も降ってきたというわけだ。

Gは真剣そのものの顔で、しかし幸せそうに興奮した様子で、モレスキン社の黒い手帳に書いたメモをもとに、タイプライターで物語を書きあげていった。そして「ヘミングウェイと同じ手帳だよ」と教えてくれた。彼は相変わらず私が彼の個人的で文学的な日記を読むことを絶対に許さなかった。しかしGがこの小説を書き始めると、がらりと形勢が変わった。私は彼にインスピレーションを与える女神《ミューズ》から、徐々に物語の登場人物になっていった。

Gは普段の彼らしくもなく、暗い顔をして深刻そうだった。私たちはいつものように、リュクサンブール公園の前のカフェで会っていた。私が何か心配事があるのと尋ねると、彼はちょっとためらってから、ことの真相を打ち明けた。その日の午前中、彼はパリ警視庁の少年非行取り締まり班から呼び出されていたのだ。彼を告発する匿名の手紙が警視庁に届いていた。手紙が人を惹き付ける力を持っていることをよく知っているのは、私たちだけではなかった。

Gは午後の間に、箱にしまってあった私の手紙や写真（たぶん面倒なことになりそうな他の恋人たちのものも）を隠すために、公証人だか弁護士だかのところへ持っていった。警視庁への出頭は翌週に決められていた。問題になっているのは私たち、きっと、私のことだ。法律は性的関係において、一人前と見なされる年齢を十五歳以上と定めている。しかし、私はまだ達していなかった。状況は深刻だった。私たちはあらゆる展開に対して、準備しなければならなかった。時代はもうそれほど寛大ではなくなっているのだろうか？

次の木曜日、母は胸が締め付けられるような思いで、この面談の顚末を待っていたに違いない。自分の責任が問題にされることを自覚していたのだ。自分の娘とGとの関係を隠すことを認めたせいで、自分自身も罪に問われるかもしれない。母は私を保護監督する権利まで奪われ、私は成人になるまで、親の保護を受けられない子供を受け入れる支援家族に預けられるかもしれなかった。

電話が鳴ると、母はひどくいらだった様子で受話器に飛びついた。しかしすぐに彼女の表情が和らいだ。そして「Gが来るわ。十分くらいで着くって。明るい声だったから、きっとうまくいったんだと思う」と、一気にまくしたてた。

Gはジェーヴル河岸〔四区。サン・メリ地区〕の警視庁から浮かれた様子でやって来た。捜査官やその同僚たちをうまく丸め込んだことに満足していた。「素晴らしくうまくいったよ」と、到着するなり自慢した。「警官たちは、これは役所の形だけの手続きに過ぎないと断言したよ。女刑事は、「ご存じの通り、有名人を告発する手紙など日に何百通と来ます」とも言っていた。」いつものようにGは、うまくいったのは自分の魅力に誰も抗えないからだと固く信じていた。そしてそれは大いにあり得ることだった。

Gは警官たちから、警察に寄せられたその告発の手紙を見せてもらった。「母親の女友だち、W」と署名されたその手紙には、ごく最近の私たちの行動が正確な日時とともに書かれていた。私たちが何時の回の映画を観に行ったとか、私が何日の何時にGの家に行き、二時間後に母の待つ家に戻ったとか。それら私たちの恥ずべき行動を物語る手紙からは、際立って個性的な考えが読み取れた。「いやしかし、考えてもみてください。これは恥ずべきことです。彼は自分が法律の埒外にいると思っているのです」などなど。模範的で、ほとんどパロディのような、典型的な匿名の手紙だ。私は凍り付いた。細かいことだが奇妙なのは、私を実際より一歳若くしていることだった。たぶんそれは事の重大さを強調するためだろう。手紙では「十三歳の少女V」が問題になっている。それにしても、いったい誰がこれほど長時間、私たちを見張ることができるのか？　それに、まるで誰が書いたか見抜かせるためのようなこの怪しい署名。そうでなければ、どうしてイニシャルを書く必要があるのか？

　それから母とGは突拍子もない憶測に夢中になった。私たちはそれぞれの友人を匿名の手紙の差出人かもしれないと考えた。ひょっとして三階に住んでいる文学の教師をしている年配の女性だろうか。彼女は私が子供の頃、水曜日に時々コメディ・フランセーズ劇場に連れて行ってくれた。もしかして、私たちが激しくキスしているところを、街角で見たのだろうか？　彼女はGが誰なのか知っているだろうし（何と言っても彼女は文学の教師なのだ）、第二次世界大戦中の占領を経験している。みんなが恥ずかしげもなくこうした手紙を出していた時代だ。しかし私たちを戸惑わせたのはこのWのイニシャルだった。彼女にしてはちょっと今時過ぎる。ジョルジュ・ペレック〔一九三六―八二。フランスの作家。実験的な作品が多い〕の『Wあるいは子供の頃の思い出』は、どちらかと言うと十九世紀末までの文学に基準を置いているラトレーユ夫人〔前出の「三階に住んでいる文学の教師をしている年配の女性」のこと〕にとって、不朽の名作では絶対にあり得ない。

それならば有名な文芸評論家のジャン＝ディディエ・ヴォルフロム〔一九四一－一九四。フランスの作家〕だろうか？　おそらく彼なら他人の文体を巧みに模倣することなど朝飯前だ。時として、一人称単数で作品を書くことができない人間がそうであるように。あるいはただ単に、書くことを職業にしているにもかかわらず、作品を書くことができない人間がそうであるように。「きっと彼だ。第一にイニシャルが合っている。それに君のお母さんとも親しいし、君をかわいがっていたからね。」

確かに、ジャン＝ディディエは時々私を夕食に呼んでくれたり、なぜだかわからないが何か書くようにと励ましてくれたりした。「V、君は書くべきだよ」と、彼はよく言っていた。「とにかく書きなさい、まあ君は、ばかばかしいと思うかもしれないね。でも、まず机の前に座ることから始めるんだ、そして、……書くんだ。毎日。一日も休まずに」。

彼の家のあらゆる部屋は、床が抜けそうなほど本でいっぱいだった。私はいつもたくさんの本を小脇に抱えて帰った。彼は私のために、出版社の宣伝担当者から送られてきた見本の中から適当なものを選び、アドバイスしてくれた。彼は情け容赦がないほど手厳しいと有名だったが、私は彼のことが大好きだった。非常におどけた人で、よく他人をからかっていたけれども、だからといってこんなことをするなんて想像できなかった。Gを批判することは私を批判することでもあるのだから。

ジャン＝ディディエは長年私の成長を親身になって見守ってくれた。おそらく父親が私を道端に捨てるようにして去って行ったからだろう。そのうち私は彼が孤独なのだと気付いた。私は彼のアパルトマンに紫色の染みのついたバスタブがあるのを知っていた。彼は病気で醜くただれた皮膚のために、毎日過マンガン酸塩を溶かした風呂に入らなければならなかった。彼の顔や手は、いつも赤い炎症とそれが乾燥してできた白っぽい細かい亀裂に覆われていた。そのうえ小児麻痺のせいでねじれているにもかかわらずとても器用にペンを持つ、彼の驚くべき手に、私は魅了されていた。不思議なことに、彼の外見に嫌悪感を抱いたことは一度もなかった。いつも心から彼を抱きしめた。心身の苦しみや意地悪そうな外見に隠されてはいても、本当は優しくて親切な人だと知っていた。

「あいつに決まっている。あいつは私のことをずっと妬んでいたんだ。自分が化け物みたいだから、ハンサムでしかも才能のある人間に我慢ができないんだ。私は彼にいつもむかついていたんだ。それに彼は君と寝ることしか考えていないよ」とGは怒りをぶちまけた。

「でもこのWはわかりやすすぎるんじゃない？　もし彼だとしたら、自分の名前を隠さずに書いているようなものだもの！」

私は内心では、ジャン＝ディディエの目的がGを牢屋に入れることだとしても、そのためにこんな策を弄するなんて、やっぱり彼はとてもずる賢い人だったのかもしれないと思ったが、それでも彼がかわいそうでかばいたかった。

「ドゥニということも考えられるな」とGが言った。

ドゥニは編集者で、彼も母の友人だった。客を招いて家で夕食をとっていた時、Gが到着すると、ドゥニは食卓から立ち上がり、Gを猛然と非難した。母は彼にその場から出て行くよう頼まざるを得なかったが、彼は言われるまでもなくさっさと出て行った。ドゥニはGと私の間に立ちはだかり、大っぴらに憤りを口にした数少ない人物の一人、というより、おそらくただ一人の人物だった。だからといって、彼が差出人なのか？まったく彼らしくない……。あれほど面と向かって非難しておいて、こんなに姑息な手を使うだろうか？

「もしかしたら、以前の女の先生かもしれない。先生は今でもこの辺りに住んでいるし、私たち、今も仲がいいから。あなたのことは話したことはないけど、たぶん、偶然私たちと通りですれ違って、私たちが手を繋いでいるのを見たんじゃないかな。そういうことを非難しそうなタイプだし……。そうでなければ、別の編集者のマルシャルかも。私たちが住んでいる建物の一階の中庭に面したところに事務所を持っているから、私たちの行き来をうかがうチャンスはいくらでもあったんじゃない？　ただ私たちは、彼のことをほとんど知らない。彼が、母親の女友だちなの？」

それとも中学校のクラスメートだろうか？　しかし、こんな手の込んだ方法をとるには幼すぎる。彼らしくない……。

もしかして、私の父かも？　病院でひと悶着起こして以来、彼の消息はまったく聞いていなかった。何年か前に彼は、探偵事務所を開こうとしたことがあった。娘を尾行させようと決心して、その計画を実行に移したのだろうか？　私はこの見方を選択肢に入れずにはいられなかった。そう考えることが、実は私にある種の喜びをもたらしていることを、私はGに、そしておそらく自分自身にも押し隠していた。とにかく、娘を守るのは父親の役目ではないのか？　父が差出人だということは、私が彼にとってまだ大切だということを意味するはず……。しかし、自分でパリ警視庁の少年非行取り締まり班に出向かずに、なぜ匿名の手紙を送るなどという回りくどいやり方を使うのか？　ばかばかしい。いや、父ではない。それでもやっぱり、あり得ないことではない。彼は予測不能なのだ……。

私たちは、二時間もの間、まったくありそうもないシナリオまでもあれこれ想像して、自分たちが知っている人たちのことを一通り検討した。そして、この第一回軍法会議の結果、私の知り合いすべてが容疑者になった。一方、Gの敵対者の中には、この手紙を書いたと疑われる人物は一人もいなかった。私についてあまりにも詳しく書かれていたからだ。「君たちの親しい人の一人としか思えないよ」と、Gは母を冷ややかに見つめながらそう決めつけた。

Gはその後も四回、少年非行取り締まり班に呼び出された。というのも、告発の手紙は続けて何通も警察に送り付けられたからだ。それは何か月も続き、その内容はますます陰湿に、そしてますます私たちの私生活に立ち入ったものになっていった。Gはそのほとんどを見せてもらっていた。

私たちの関係は母の友人たちの間では公然の秘密だったが、仲間うち以外では極力用心しなければならなかった。できるだけ目立たないようにしなければならなかった。こんなことがあってから、私は自分を追い詰められた野生動物のように感じるようになった。常に監視されているという気持ちから被害妄想になり、さらには罪悪感が片時も頭から離れなくなった。通りを歩く時はこそこそと壁伝いに歩くようになり、Gの家に行くのにどんどん複雑な回り道をするようになった。そしてもう決して二人一緒にはGの家に行かないようにして、まずGが先に入り、私はその三十分後に着くようにした。私たちはもう手を繋いで歩かなかった。リュクサンブール公園をもはや一緒に散歩したりすることもなかった。

警察は、警視庁への呼び出しを相変わらず純粋に形式的なものだと説明していたが、三回目の呼び出しの後、Gは明らかにいらだち始めた。

ある日の午後、Gの家に寄り、ベッドで過ごした後で、私とGは急いで階段を降りるところだった。私は遅くなってしまって、上って来る若いカップルとぶつかりそうになった。私は彼らに丁寧に挨拶し、そのまま階段を降りかけた。二人がGのいるところにまで上って行って、彼に話しかけているのが聞こえた。「Mさんですか？ 少年非行取り締まり班です。」警官たちもテレビの文芸番組を見るということを肝に銘じておかなければいけない。なぜなら、二人はGと面識がなかったにもかかわらず、すぐにG本人だとわかったからだ。「私です。何かご用ですか？」。感じよくリラックスした調子でGが答えた。私はその落ち着き払った態度にびっくりした。かたや私は、怖くてぶるぶる震えていた。走って逃げるべきか、階段の陰に隠れているべきか、それとも彼を助けるために泣きわめくべきか、彼らに向かってGが私の恋人だと叫んで彼らの気を逸らせてGを逃がすべきか？ しかし、私はすぐに、そうしたことは何もする必要がないとわかった。和気あいあいと会話が続いていたのだ。「Mさん、お話を伺いたいのですが」。「いいですよ。ただ出版社にサインをしに行かなければなりませんので、また今度にしてくれませんか？」。「もちろんです。Mさん」。

Gは「まずこの学生さんにさよならを言わせてください。私の仕事についてインタビューしたいと訪ねてくれたのです」と話しながら、私に目で合図を送ってきた。それから、私と握手してゆっくり目くばせした。「いえいえ、単なる型通りの訪問に過ぎません」と女性警官が言った。「ということは、あなた方は私を逮捕しに来たわけではないのですね（笑い）」。「いいえ、もちろん違います、Mさん。もしご都合がよければ、明日もう一度伺います」。

Gは家宅捜索を恐れてはいなかった。彼の部屋には、彼の生活に私の存在を示す痕跡などこれっぽっちもなかった。しかし、私の理解が正しければ、私たちはその時まさにすんでのところで現行犯逮捕されるところだったのだ。

どうして捜査員は二人とも、私が少女だということに注意を払わないのか？ 手紙は「十三歳の少女V」について書いていた。確かに、私は十四歳だったし、たぶんそれよりもう少し年上に見えた。

ともあれ、こんな風にほとんど疑われないなんて、驚きだ。

それ以降、Gは少年非行取り締まり班の訪問（彼はそれを「迫害」と呼んでいた）を逃れるために、ホテルの一室を一年契約で借りた。彼は理想的な環境が手に入るので、そのありきたりのホテルを選んだ。私の中学校のある通りに面していて、裏側には彼が贔屓にしているブラッスリーがあったのだ。彼の作品の熱狂的なファンである気前のいいパトロンが、かなりの額の費用を賄ってくれていた。そうでもしなければ、警察なんかに監視されていてどうして書けるだろう？　何よりも大切なのは芸術なのに！

リュクサンブール公園の近くの小さな部屋と同じように、ここでも入ってまず目につくのは、部屋の真ん中にでんと据えられた巨大なベッドだった。Gは立ったり座ったりしているより寝転んでいる時間の方が長かったが、彼も私もしょっちゅうこのベッドの上で過ごすようになった。私はますますこの部屋で眠るようになり、母の言いつけに背いて、彼女の待つ家に寄りつかなくなった。

ある日Gは悪性の細菌のせいで視力が落ちていると診断された。まず第一に考えられるのは、エイズウイルスへの感染だった。私たちは不安に苛まれながら、たっぷり一週間、検査の結果を待った。私は怖くなかった。すでに自分を悲劇のヒロインだと思っていた。愛のために死ぬなんて何て名誉なこと！　普通の人にはできないことだわ！　私はGを優しく抱きしめながらこう囁いた。しかし、Gは一層不安を募らせているように見えた。親しい友人の一人がこの病気でまさに死にかけていたのだ。彼の皮膚は病に冒され、くすんだ斑点状の湿疹のようなもので覆われていた。Gはこのウイルスに感染したら治る見込みがないこと、次第に身体が衰弱し、最後には必ず死ぬことを知っていた。Gにとって肉体が衰えることほど恐ろしいことはなかった。ほんのちょっとした仕草からも、彼が心配でいたたまれない気持ちでいるのが伝わってきた。


　Gは必要な検査をすべて行い、その結果に即した治療を受けるために入院した。検査の結果、エイズの恐れのないことがわかった。ある日、私が病室の彼の枕もとにいた時に電話が鳴った。とても上品な女性の声がGと話したいと言った。私が「どなたですか？」と尋ねると、彼女は厳かな口調で「フランス共和国大統領からです」と答えた。

　私は後に、Gが自分の文体と広範な教養を絶賛する大統領〔フランソワ・ミッテラン〕からの手紙を、財布に入れて肌身離さず持ち歩いているのを知った。

　Gにとってこの手紙は切り札だった。もし逮捕されてもこの手紙が助けてくれるだろうと思っていた。

結局、Gはわずかの間入院しただけだった。自分がエイズにかかったという噂を流してからは（かかっていないと確実にわかっている今、噂を流すのは、より簡単だ）、得意げに、常に、前のより顔が隠れる新しいサングラスをかけ、杖を持つようになった。私には彼の手の内がだんだんわかってきた。彼は自分の境遇をドラマチックに見せたいのだ。同情されたがった。そのために自分の人生に起こるあらゆることを利用した。

新しい本の出版に際して、Gは作家たちにとってメッカとも言える非常に有名な文芸番組に招かれた。彼は私に一緒にスタジオに来るようにと言った。

テレビ局のスタジオに向かうタクシーの中で、私は窓ガラスに顔をひっつけて、街灯のほのかな明かりに照らされた百年以上前のファサードが、次から次へとスクロールするように流れて行く様子や、記念碑や木々、歩行者や恋人たちをぼんやりと見ていた。日が暮れたところだった。Gは例のあのサングラスをかけていた。私は少し前から、Gがプラスチックの濃いレンズを通して、私を憎々しげに見ているのを感じていた。

「化粧するなんていったいどういうつもりだ？　剝げて崩れて終わりだ。」

「私は……よくわからない。でも今夜は特別な機会だから、きれいになりたかったの。あなたのために、あなたに喜んでもらえるように……」

「いったいどうしたら、私がこんな、けばけばしい君が好きだなんて思えるんだ？「奥様」みたいになりたいんだな、そうなんだろう？」

「違うわ、Ｇ、ただきれいになりたかったの、あなたのために。それだけよ。」

「でも私はありのままの君が好きなんだよ。わからないのか？　こんなことする必要はないんだよ。こんな君は好きじゃない。」

私は運転手の手前、泣き出したいのをぐっとこらえた。たぶん運転手は、父親が娘をこんな風に叱るのももっともだと思っていたに違いない。「こんな歳で娼婦みたいに化粧するなんて！　どうしたら気がすむんだ？」と。

すべて台無しだ。その夜は惨憺たるものになるに違いない。マスカラはにじんで流れ、私は間違いなくひどいありさまだった。これから、Ｇと腕を組んでいる私を見て、訳知り顔をする知らない人たちや大人たちと挨拶しなければならないのに。彼が私を自分の友人に紹介するたびに、彼の株が上がるようににっこりと笑わなければならないのに。彼にもう好みじゃないと言われ、胸が張り裂けそうだった私は、その場で手首の血管を切って自殺しかねない状態だった。

一時間後、優しくなでられ、思いやりのある言葉をかけられて仲直りをした後、つまり、またいつものように「私のかわいい子」とか、「かわいい生徒さん」と呼ばれながら彼から何度もキスをされた後、私は収録スタジオで彼を称賛の目で眺めながら、観衆に交じって座っていた。

その三年後、Gは同じ番組に出演した。「アポストロフ」という番組〔フランスのテレビ局アンテンヌ2が、一九七五年から一九九〇年まで放送していた文学トーク・ショウ。〕のタイトルがこれほどぴったりだった回はなかっただろう。少なくとも彼は収録中に「罵られた《アポストロフェ》」のだから。それも盛大に！　私はその後何年も経ってから、その番組の抜粋をインターネットで見つけた。その回の収録は私が見学した時の収録に比べてはるかに話題になった。というのも一九九〇年に彼がこの番組に出演したのは、害のない『ファラリスの雄牛：哲学辞典』を紹介するためではなく、『日記』の最新刊で彼が示した自説を主張するためだったのだから。

今でも観ることができる映像の中で、かの有名な司会者〔ベルナール・ピヴォ。一九三五―。〕はGが征服した少女たちのリストを一つひとつ読み上げ、Gご自慢の彼の「若い恋人たちの厩舎」を感じのいい口調ながら辛辣に揶揄している。

合間に短いカットで映し出される他のゲストたちは、この有名な司会者がGに向かって、今度は「あなたは、まったくもってかわいいお嬢ちゃんのコレクターですね！」と力を込めて露骨に皮肉った時も、浮かれた様子でほとんどこの非難に同調しなかった。

ここまではすべてうまくいっていた。ゲストたちの共犯者めいた笑い、さも謙虚そうに頬を染めたGの顔。

突然、ゲストの一人が、たった一人の女性が、すっかり意気投合している目の前の人たちを批判し始めた。そして、情け容赦なく、正真正銘の刑の執行に乗り出した。彼女の名はドゥニーズ・ボンバルディエ〔一九四一―〕で、カナダ人の作家だった。彼女は、小児性愛を擁護し実践することで知られるこんなおぞましい性倒錯者が、フランスのテレビ番組に出演するなんて怒りに堪えないと言ったのだ。そして、話題になっているG・Mの恋人の年齢を引き合いに出して（「十四歳ですよ！」）、自分の国ではこんな非常識なふるまいは考えられないし、子供の権利に関してもっと進んでいると付け加えた。「それに、彼の作品に描かれた少女たちは、後に、どうやって困難な状況から抜け出すのですか？　彼女たちのことを考えた人はいないのですか？」

Gはこうした非難に不意を衝かれたようだったが、即座に言い返した。彼は腹立たしげに、「十四歳の少女なんていませんよ。彼女たちはそれより二、三歳上で、完全に恋愛できる歳ですよ」と訂正した（彼が自分の刑法上の責任を知っていたかどうか、定かではない）。さらに、自分のように礼儀をわきまえた行儀のいい人間が相手だったあなたたは非常に運がいい、自分はあなたの悪口のレベルにまで自分を落とすつもりはないと言った。その間中、手をひらひらと優雅に動かしていたが、その女性っぽい仕草は彼の優しい思いやりを印象づけようとするものだった。そして、本に登場する少女たちのうち誰一人として、自分との関係を訴えたものはいないと言って話を締めくくった。
勝負あり。Gはこの女傑に勝利した。その場で彼女は、自分よりずっと輝いている少女たちの幸せに嫉妬している欲求不満の女と見なされてしまったのだ。

もしGが、私が観客に交じって静かに彼の話を聞いていたあの夜に、目の前で同じような批判を受けたら、私はどうしただろう？　衝動的に彼をかばっただろうか？　収録が終わった後に、あの女性に、あなたは間違っている、違うの、私は強制されてここにいるんじゃない、と説明しようとしただろうか？　それとも、彼女が救おうとしているのは、観衆にまぎれていた私や、私と同類の少女たちの一人なのだと理解しただろうか？

しかし私が見学した時には、番組の厳かな雰囲気を乱すようなものは何もなく、口論も起きなかった。その時のGの本はとてもまじめな内容で、罵られる類のものではなかった。称賛の声がいっせいにわきあがり、舞台裏では酒がふるまわれた。Gはいつものように、見るからに誇らしそうに私をみんなに紹介した。そこではまだ、そうすることが彼の書くものが真実だと証明するうってつけの方法だった。少女たちは彼の人生に不

可欠な要素なのだ。それに、Gの頬と私の化粧っけもなければ年齢による衰えもない、

とても子供っぽい頬と見比べて、不快感を示す人どころか戸惑う人さえまったくいなか

った。

振り返ってみると、このカナダ人の作家が、時代全体の迎合するような雰囲気にたっ
た一人で抗議するためには、勇気が必要だったことに気付く。今日、時間がすべてを明
らかにした。「アポストロフ」のこの場面は、良きにつけ悪しきにつけ、テレビのいわ
ゆる「決定的瞬間」となっている。

そしてかなり前から、Gが文芸番組にゲストとして呼ばれ、手に入れた女子中学生を
自慢することもなくなった。

第一に匿名の告発の手紙、次に二人ともエイズに感染しているかもしれないという不安、このような二つの脅威に立て続けに見舞われて、私たちの愛はより強いものになった。身を隠し、姿をくらまさなければならない。私たちを見張っている人や妬んでいる人たちの無遠慮な視線から逃れなければならない。そして、愛しい人が手錠をかけられた時には、私が誰よりも愛しているのは彼なのだと法廷で大声で叫ぶのだ……。皮膚は病に蝕まれ、骨と皮だけになり、しかも相手のためだけに鼓動するたった一つの心臓を備えて、互いの腕の中で死ぬ……。Ｇとの生活は、小説以上に小説のようになった。この物語の結末は悲劇的なのだろうか？

従うべき道、あるいは、見つけ出すべき道が、どこかにあるだろう。それが道家〔道教の「人為的なことをしないで道（タオ）に従って生きればいい」という老荘思想を掲げた学者たち〕の教えである。正しい道。適切な言葉、完璧な態度、いるべき時にいるべき場所にいるという否定しがたい感覚。そこに、いわば一切を超越した真理があるだろう。

少女は、十四歳の時に、五十歳の男に校門で待ってもらっているとは思われていないし、ホテルで男と一緒に生活し、おやつの時間にベッドで彼のペニスをほおばっているとは思われていない。私は十四歳だったけれど、これらすべてを自覚していた。それに、当時の私がまったくの常識外れだったとは思わない。この異常な境遇によって、私の、いわば新しいアイデンティティが生まれた。

逆に私は、誰も私の置かれた状況に驚かないのは、何はともあれ、自分のまわりの世界がどうかしているんだと直感的に思っていた。

そして、後になって、あらゆるジャンルのセラピストたちから、あなたは性的搾取者の犠牲になったのだと、こんこんと説明された時も、私は、それもまた「正しい道」ではないと思うのだ。それは決して正しくないと思うのだ。

私は、このどっちつかずの気持ちに、まだけりをつけることができなかった。

Ⅳ

脱却

La déprise

Xと名付けられた少女が一人の偏執狂的な男によってその子供時代を奪い取られたと誰かが証明してくれるまでは、話すという非常に局所的な対症療法でしか、私の苦しみを癒すことはできない。

――ウラジーミル・ナボコフ『ロリータ』

Gは昼も夜も、ほとんど休むことなく執筆していた。編集者が月末までに原稿を受け取ろうと待ち構えていた。私はまた一つ、新たなステップを経験した。Gは一年前に私たちが出会ってから、二冊目の本を出版しようとしていた。私はベッドから、彼のいかつい肩のラインを目で追っていた。彼は私たちが逃げなければならなかったあの部屋から一緒に持ってきた、ちっぽけなタイプライターに向かって背を丸めていた。彼の裸の背中は非の打ち所がないほど滑らかだ。ほっそりとした筋肉とタオルが巻かれた引き締まったウエスト。その時にはもう、私はこのすらりとして優雅な身体にはお金がかかっていることを知っていた。それもすごい大金だ。Gは年に二回、スイスの専門クリニックに通っていた。そこではアルコールと煙草を断って、ほとんどサラダとシード類しか食べない。そしていつも五歳くらい若返って帰ってきた。

こうした見栄の張り方は、私が作家に対して抱いているイメージとはまったく合わなかった。しかし、ほとんど毛の生えていない身体は、とてもほっそりとしてしなやかで、輝くばかりに引き締まって美しかったし、私はそれに恋していた。だから私は、彼がこの肉体を維持している秘密をできれば知りたくなかった。

同じような話では、私はGがどんな身体の変化も本能的に嫌悪していると知った。ある日シャワーを浴びている時、私は胸や腕の皮膚に赤いぶつぶつの湿疹ができているのに気付いた。裸でまだ濡れたまま大急ぎでバスルームを出て、彼にその湿疹を見せに行った。しかし彼は、私の身体の皮膚にぶつぶつと広がっている発疹を見るなり、怯えたような様子で手で目を覆い、私を見ないようにして言った。

「まったく、どうしてそんなものを私に見せるんだ？　嫌われたいのか、ええ、どうなんだ？」

ある時、中学校から帰ってきたのもそこそこ、私は自分の靴をじっと見つめて泣きながらベッドに座っていた。部屋は鉛のように重苦しい沈黙に包まれていた。私はうかつにも、コンサートに誘ってくれたクラスメートの名前を言ってしまったのだ。

「何のコンサートだ？」

「ザ・キュアー〔一九七八年に結成されたイギリスのロック・バンド〕のよ。ニューウェーブ。恥ずかしかったわ、わかる？　だって私以外は、みんな知ってるみたいだった。」

「何を？」

「ザ・キュアー。」

「それで、どうせ君はそのニューウェーブとやらのコンサートで、マリファナを吸いながら、ばかみたいに頭を振るだけなんだろう？　それに、そいつは曲と曲の合間に君をしつこくなでまわしたり、あるいはもっとひどいことに、君を暗闇に追い詰めてキスするために君を誘ったに決まっているだろう？　せめて君は断ったと思いたいね。」

私が十五歳に近づくにつれ、Gは私を生活全般にわたってコントロールしようとしだした。彼は私の保護者のような存在になった。ニキビができないようにチョコレートを控え、身体のライン全般に気を付けなければならなかった。そして禁煙しなければならなかった（私はトラックの運転手のようにいつも煙草を吸っていた）。

自分の倫理観をとやかく言われることはない。しかしGは毎晩私に新約聖書を読ませ、それぞれのたとえ話に込められたキリストからのメッセージを、きちんと読み取っているかをチェックした。私がキリスト教について何も知らないことに驚いていた。一九六八年の五月革命世代のフェミニストの娘で、神の存在を信じてもいなければ、洗礼も受けていなかった私は、聖書の記述で女性の扱いがひどいことに反発を覚えていた。その記述は難解で繰り返しが多く、そのうえ女性蔑視だといつも感じていた。しかし内心、私もこうして聖書を知っていくことを不満には思っていなかった。結局、聖書も他の作品と同様に一つの文学テキストなのだ。「違うよ。すべての作品はそこから生まれたんだ」とGは反論した。そして愛撫の合間に「アヴェ・マリアの祈り」〔アヴェ・マリア、恵みに満ちた方、／主はあなたとともにおられます。／あなたは女のうちで祝福され、／ご胎内の御子イエスも祝福されています。／神の母聖マリア、／わたしたち罪人のために、／いまも、死を迎える時も、お祈り下さい。／アーメン。（新共同訳）〕を最初から最後まで、まずフランス語で、その後ロシア語で唱えることも教えた。私は祈りの言葉を暗記して、毎晩寝る前に心の中で唱えなければならなかった。

それにしても、あなた、何を恐れているの？　私があなたを道連れに地獄に落ちること？

彼は答えた。「教会は罪人《つみびと》のために作られたんだよ」。

Gは例の若返りの療養のために、二週間の予定でスイスに出かけた。私にホテルの部屋の鍵とリュクサンブール公園の近くの部屋の鍵を預けて行った。私がそうしたいと思えば、部屋に入ることができた。ある晩私は、ついにタブーを犯して禁じられていた本を読もうと決心した。私は一気に、夢遊病者のように読み続けた。まる二日間、一歩も外に出なかった。

いくつかの部分にある、洗練された教養と名文でも粉飾しきれない猥褻な記述に吐き気がした。とりわけ、マニラに旅行したGが「若々しい尻」を探すくだりで私の目は止まった。彼は少し先に、「私がここでベッドに入れる十一、二歳の少年たちはめったにない刺激である」と書いている。

私は彼の読者のことを考えた。すると突然、若者の肉体の描写に興奮する、外見からしてむかむかするような、おぞましい老人の姿が思い浮かんだ。Gの小説、彼の黒い手帳のヒロインになることで、私もまた、小児性愛者である読者のマスターベーションの対象になるのか？

もしまさにGが、人が私に何度も言ってきた通りの変質者だったら、つまりフィリピンまでのエアー・チケット代で大勢の十一歳の少年の肉体を楽しみ、そうした行為を、彼らに通学かばんを買ってあげることくらいで正当化するような、この上なく卑劣な男なら、私もまた同じような化け物ということになってしまうのか?

私はすぐに、こうした考えを押し殺そうとした。でも毒は体内に入り、広がり始めた。

八時二十分。私が中学校の門をくぐれなかったのは、今週に入って三度目だ。ベッドから起き出して、シャワーを浴び、着替える。そして紅茶を一気に飲み干し、リュックサックを背負って母のアパルトマンから出て、階段を駆け降りる（Gは相変わらず不在だった）。建物の中庭まではうまくいっていた。しかしそれから通りに出ると、それだけでもうだめだった。人の視線が怖かった。話しかけなければならないような顔見知りの人、たとえば近所の人やお店の人、クラスメートとすれ違うのが怖かった。私は人目につかないように壁すれすれを歩き、考えられないような回り道をして、なるべく人通りのない道を進んだ。ガラスに映った自分の影が目に入るたびに身がすくみ、再び歩き出すのは至難の業だった。

しかし今日こそは、一歩も引かないと固く決心していた。だめだ、今度こそ恐怖に負けるものか。しかし中学校の校門のところまで来ると、こんな光景が広がっていた。初めは物陰から見張っていた守衛たちが、学生証を確認しているところだった。それから、リュックサックを背負った何十人もの生徒たちが押し合いながら、もうすでに生徒たちで溢れかえっている騒々しい校庭の真ん中へ殺到した。殺気立ってひしめき合っている子供たちの大群だ。思った通りだ。私は身体の向きを変え、市場のところまで通りを引き返した。息が切れ、心臓がどきどきし、汗がにじんだ、まるで罪を犯したかのように。そう、私は弁護してくれる人のいない罪人なのだ。

私は、ホテルにいない時に根城にしていた近所のビストロに避難した。そこは、誰にも邪魔されずに何時間も居座ることができた。ウェイターはいつも控えめだった。私がバーの種々雑多な常連たちの中で、日記が真っ黒になるまで書き込んだり、静かに読書したりするのを見守っていた。失礼な言葉をかけてきたことは一度もなかった。なぜ授業に出ないのかと尋ねることもなかった。たとえ私が、グラスやカップがカチャカチャとぶつかり合い、たまにピンボールの音が聞こえてくる、ひんやりとしてありふれたこの店に、コーヒー一杯とお水だけで三時間も居座ったとしても、それ以上何か頼むようにと要求することもなかった。

やっと呼吸が整ってきた。集中しなければ。深呼吸してじっくり考えるんだ。決心しなければならない。私は大急ぎで手帳に何か言葉を書き込もうとした。しかし何も浮かんでこない。まったくもう、最悪だ。作家と暮らしているのに少しもインスピレーションがわかないなんて。

八時三十五分。そこから通りを三本隔てたところで鐘が鳴った。生徒たちは階段を抜け、教室で二人ずつならんで座り、ノートとペンケースを取り出す。先生が教室に入って来る。先生が出席を取り始めるまでの間、生徒たちは静かにしている。アルファベットの最後の方になって、先生は私の名を呼ぶ。先生は視線を上げて教室の奥を見ることさえしない。そして、「欠席。いつものように」と、うんざりした調子で言うのだ。

Ｇが帰国して以来、怒った少女たちがホテルの私たちの部屋の戸口に四六時中押しかけて来た。踊り場から泣き声が聞こえた。時々玄関マットの下に手紙が忍び込ませてあった。ある晩、Ｇは彼女たちのうちの一人と話をつけるために部屋を出たが、その時彼は私に話し声が聞こえないよう、後ろ手でドアを閉めた。叫び声、盛んな身振り手振り、次いで、声を押し殺したすすり泣きとひそひそ話。「大丈夫さ」、Ｇは興奮した女をうまく説得し、彼女は階段を駆け降りて行った。

私がＧに説明を求めると彼は、あの子たちはファンなんだ、と言い張った。通りで私の後をつけてきたか、どういう手を使ったのかわからないけれど、私の住所を突き止めたんだ。おおかた私の編集者から手に入れたに違いない、彼らは私の平穏などろくに気にかけていないんだ、と言った（うまい口実だ）。

そうこうするうちに、Ｇが再び出かけると言った。今度はブリュッセルへ。書店でのサイン会に招待されており、ブックフェアに出席することになっていた。私はまた一人でホテルにいることになった。しかし、その二日後の土曜日、女友だちと通りを歩いていると、向かいの歩道でGが若い女の子と腕を組んでいるのが目に入った。私はこの光景を頭から追い払おうと、反射的に身体の向きを変えた。あり得ない。Gはベルギーだ。私にそう言ったのよ。

私は、十三歳でGと出会った。私たちが恋人同士になった時、私は十四歳だった。そして今では十五歳になっていた。ただ、私はG以外の男を知らなかったので、いかなる比較もできなかった。それでも、間もなく私は、自分たちのセックスが単なる繰り返しになっているのに気付いた。Gは勃起状態を保つのが難しくなってきて、様々なテクニックを一生懸命駆使した（Gは私が彼に背を向けている間すごい勢いでマスターベーションしていた）。私たちのセックスは次第にワンパターンになり、倦怠感が漂うようになった。それに、些細な非難を彼にぶつけてしまいそうで怖かったし、マンネリを脱して、私自身の快楽を高めてくれる、そのような性欲を彼に望むことはほとんど不可能なくらい困難なことだと気付いた。彼は私に読むことを禁じた作品の中で、恋人のコレクションをひけらかすようにならべ、マニラへの旅行を事細かに語っていた。私はこれらの作品を読んで以来、二人の親密な時間に、もはやほんのわずかな愛の痕跡さえ見つけられなくなって、それらすべてが何かねばりつくような薄汚れたものに覆い尽くされていくように感じた。私は卑しめられていると感じ、かつてないほど孤独だった。

それでも、私たちの経験は唯一無二で崇高なんだよ。彼から何度もそう繰り返されるうちに、私は最後には、この超越を信じるようになった。ストックホルム症候群〔誘拐や監禁にあっている者が、生き延びようとして、誘拐者や監禁者と感情的な繋がりを築く現象〕は根拠のない話ではない。どうして十四歳の少女が、三十六歳も年上の男性に恋することができるのだろうか？　私は何度も繰り返し心の中で自分に問いかけた。そもそも問いの立て方が間違っていたことに気付かないまま。問うべきは、私がどうして惹き付けられたかではなく、彼がどうして私に惹き付けられたかだったのだ。

もし私がこの時と同じ歳に、五十歳の男と熱烈な恋に落ちたのだとしても、その男がかつては自分と同年配の大勢の女性たちと関係を持っていたにもかかわらず、あらゆるモラルに反して私の若さの魅力に負けたのだとしたら、しかもそれが、一目ぼれした自分を抑えられず、たった一度だけ、思春期の少女との恋に身を委ねたのだったとしたら、状況はまったく違っていただろう。なるほど、そういうことなら、確かに私たちの常軌を逸した情熱は崇高だったろう。それは正しい。もしＧに愛のために法律を破らせたのが私だったのなら、あるいはそうではなくても、もし彼が年がら年中何度となくこうした恋愛を繰り返してきたのでなければ、おそらく私たちの物語は、唯一無二で限りなくロマンティックだっただろう。もし私が彼の最初で最後の恋人だと確信することができたのなら、もし私が、要するに彼の恋愛関係の中で例外だったとしたら。そうであれば、どうして彼の裏切りを許さずにいられるだろうか？　恋愛に年齢は関係ない。年齢は問題じゃない。

ところが実際には今になってわかるのだが、彼の人生において、私へのこの欲望はまったく無意味で悲しくなるほど陳腐なものだった。彼は自分の欲望をコントロールできない神経症だった。たぶん私はパリでは彼の恋人の中で一番若かったけれど、彼の本の中は私以外の十五歳のロリータで溢れている（一年の歳の差など、大した違いではなかった）。それにもし彼が未成年者の保護にもっと甘い国にいたとしたら、十一歳の切れ長の目をした少年たちと比べて、私の十四歳など、取るに足らないものに思えただろう。

Gは普通の人間ではなかった。彼は、自分が無垢の少女か思春期に達したばかりの少年としか性的関係を持たないのは、作品の中でその物語を生き生きと描くためだと公言していた。まさに彼は、私の若さを独り占めにして、性的な目的と文学的な目的の両方でその言葉を実践していたのだ。日々、私のおかげで、法律で禁じられた情熱を満たすことができた。そしてその勝利を、やがて新しい小説の中で意気揚々と掲げることになるのだ。

いや違う。この男は愛情にのみ駆り立てられていたのではなかった。この男は善人ではなかった。彼はまさに、私たちが子供の頃から恐れるよう教えられてきたものだった。つまり、人食い鬼だった。

私たちの愛は何よりも深い夢だった。だから、私のまわりの人たちのささやかな忠告は、一つとして私を目覚めさせることはできなかった。それは悪夢の中でも最も邪悪なものだった。固有の名前はないが、まぎれもない暴力だった。

魔法が解けていく。すんでのところだっだ。しかし、いまだに私を闇の王国に閉じ込める生い茂るツタを切り裂き、助けに来てくれる素敵な王子様は現れなかった。日に日に私は、新しい現実に目覚めていった。しかし、その現実をすべて受け入れることはまだなかった。というのは、もしそうしてしまったら、私自身が消えてなくなってしまうから。

しかし、私はGに対して、もう自分の不信感を隠そうとはしなかった。彼について新しく知ったことや、それまで彼が隠そうとしてきたことに腹が立った。私は理解しようとした。彼はマニラで子供とセックスしてどんな快感を得ているのか？　それに、『日記』で自慢しているように、どうして同時に十人の少女と寝る必要があるのか？　しかし、結局、彼は本当のところ何者なのか？

私が答えてもらおうとすると、彼は私を攻撃して質問を巧みにかわした。私を手に負えない屁理屈屋呼ばわりした。

「それで君は、こんな質問をして、何様なんだ？　これが今時の異端審問なのか？　たぶん君はフェミニストなんだな。それが最悪なんだ！」

この頃から、毎日のようにGは私に相も変わらぬ自分の信念を押し付けるようになった。

「今この瞬間を楽しまないなんて、どうかしてるよ。もっとも女はみんなそうだけれど。今この瞬間をじっくり味わうことができる女はいないんだよ。遺伝子の問題らしいがね。君たちは慢性的な欲求不満で、いつもヒステリーに取り憑かれているんだ。」

ほら、「私のかわいい子」や「かわいい生徒さん」という、優しい言葉はすっかり忘れられてしまった。

「私はまだ十五歳なのよ。知ってるでしょ。だから、「女」と呼ばれるような歳じゃ、まだ全然ないのよ！　それに、あなたは女の何を知ってるの？　十八歳を過ぎたら、もう何の興味もないくせに！」

しかし、私には口論するだけの能力がなかった。あまりにも若かったし、世間知らずだった。作家でインテリの彼に立ち向かうには、圧倒的にボキャブラリーが足らなかった。「ナルシストの倒錯者」という言葉も「性的捕食者」という言葉も知らなかった。私には自分のことしか眼中にない人間がどういうものかわからなかった。私はまだ、暴力には肉体的なものしかないと思っていた。そしてGは、剣のように言葉を操った。シンプルな言い回しでとどめの一突きを繰り返し、私の息の根を止めた。彼と同じ武器で戦うのは無理だった。

それでも私はこの状況がぺてんで、彼の忠誠の誓い、最高の思い出として私の中に残っている約束はすべて、彼の作品と欲望のための嘘でしかないと見抜ける歳だった。私は、本から本へと書かれつつあるこのフィクションに、私を永遠に閉じ込め、自分はそこで常に得な役回りを演じているGを憎んでいることに気付いた。彼の自我の中にそっくり閉じ込められている幻想、それはほどなく公にされるのだ。私は、彼が隠し事や嘘から一つの宗教を作り上げ、小児性愛への耽溺を正当化するために、作家の仕事を口実にすることに、もはや耐えられなかった。私はもう、彼のゲームに登場する間抜けではない。

その頃にはもう、ちょっとしたことでも自分の言いたいことを言うのを禁じられていた。彼の日記は、私にとって最悪の敵になっていた。Gは日記の中で私たちの物語をふるいにかけ、まるで私が一人だけで作り上げた異常な恋の物語に変えた。私が非難し始めると、彼は慌てて自分の文章に固執した。「どうなるか見てるがいい。さあ、ほら。バシッ！　ごらん、この黒い手帳の中には実に清らかな君がいる！」

私が逆らったので、私にとって授業の合間に彼のシーツに潜り込むことがもう幸せではなくなったので、彼は私を追い払わねばならない。彼は作品の中で、「少女V」を嫉妬にかられた情緒不安定な少女に強引に仕立て上げ、自分の好きなように描いた。今や私は、過去の少女たちと同じように、刑の執行を猶予された一人の登場人物に過ぎない。あのいまいましい日記のページからいずれ抹消されるだろう。彼の読者にとってはたかが言葉、たかが文学に過ぎない。私にとって、それは絶望の始まりだ。

しかし、卓越した人物の文学作品に比べれば、無名の少女の人生などどれほど価値があるのか？

そう、おとぎ話はもうそろそろ終わりだ。魔法は解け、素敵な王子様は本当の姿を現した。

ある午後、中学校から帰ると、ホテルの部屋は空っぽだった。Gはバスルームで髭を剃っていた。私は通学かばんを椅子の上において、ベッドの端に腰かけた。彼の黒い手帳がベッドの上に無造作に放り出してあった。それだけでGとわかるトルコブルーのインクで、数行の文章が書きとめられたばかりのページが開かれていた。「十六時三十分。高校の校門までナタリーを迎えに行った。通りの向こう側の、私のちょうど正面の歩道で、彼女は私に気付き顔を輝かせた。まわりの若者たちの中で、天使みたいに光を放っているように見えた……。私たちはこの上なく甘美で崇高な時を過ごした。彼女はとても情熱的だった。この少女が将来、私の手帳の中でより重要になっていくとしても、私は驚かないだろう」。

手帳からこれらの言葉が浮き上がり、群で飛び来る悪魔のように私を取り囲む間に、私を取り巻く全世界が崩れ落ちた。部屋の家具はもはや瓦礫と化して燻っている。空中を漂う灰で息ができなくなった。

Gがバスルームから出てきた。そして、目を真っ赤にして泣いている私を見つけた。私は不信感を顔に出して、開いた手帳を指さした。彼は血の気を失った。それから激怒し、怒りを爆発させた。
「まったく、どうしてわざわざけんかを売るようなことをして、私の仕事を引っ掻き回すんだ？　私は小説を書いている真っ最中だというのに。今、私にどれほどのプレッシャーがのしかかっているか、少しでも考えたかい？　気力や集中力を高めるためにどうしなければならないか、私が何をしているか、少しは想像したかい？　芸術家であることが、クリエーターであることがどういうことか、君には考えもつかないんだ。確かに、私は工場でタイムカードを押す必要はない。しかし、私が執筆中に経験する苦悩と言ったら。君にはそれがどういうことかまったくわからない！　君が今読んだのは、将来の小説の下書きなんだ。私たちとも、君とも何の関係もない。」

この嘘は、余計な嘘だ。私はまだ十五歳でしかなかったけれども、この嘘は私の判断力を見くびり、私の人間性そのものを否定するものだと思わずにはいられなかった。これまでの美しい約束に対する裏切りと明らかになった彼の本性が、短刀のように私の身体を貫いた。もはや私たちの関係を救うものは何もなかった。私は裏切られ、騙され、自分の境遇に放り出された。もはや、自分で責任を取るしかない。私は飛び降りるつもりで、窓の手すりを乗り越えた。間一髪のところで、Ｇが私をつかまえた。私はドアを激しく閉めて飛び出した。

私はずっと前から、街中をふらふらと歩きまわることがよくあった。そして自分でもどうしてだかわからないが、浮浪者に惹かれて、ほんのちょっとしたチャンスをつかまえて、彼らとおしゃべりした。私は完全に茫然自失の状態で、一緒に話ができる人、理解し合える人を探し求めて、何時間も彼らのいる界隈を歩きまわった。そして橋の下で、ぼろを着た老人の隣に座ってぼろぼろと泣いた。老人はかすかに眉を上げて、口をもぐもぐさせて私の知らない言葉をつぶやいた。私たちはしばらくの間、平底船が行き過ぎるのを黙って見ていた。それから私ははっきりした目的もないまま通りに戻った。

私は無意識のうちに一軒の豪華な建物の前にいた。その建物の二階にはGの友人で、私たちの関係が始まったばかりの頃に、Gが自分のよき理解者だと言って紹介してくれたルーマニア出身の思想家が住んでいた。

私は、あらゆる本屋や歩道、木々の一本一本にいたるまでがGを思い出させるこの界隈の通りという通りを、地面に足を引きずるようにしてさまよった後、汚れて髪はぼさぼさで、垢じみた黒ずんだ顔のまま、ポーチを入って行った。爪の間に土が入り、汗まみれでぶるぶる震えていたので、私はまるで藪に隠れて子供を産んだ直後の若い原住民のように見えたに違いない。足音を忍ばせ、鼓動が響くくらい胸をどきどきさせながら、地味な色のじゅうたんを敷いた階段を上り、嗚咽を喉の奥でこらえ、赤い顔をしてドアの呼び鈴を鳴らした。年配の小柄な婦人がドアを開け、優しい眼差しで私を見たので、彼女に「お邪魔してすみません。もしご在宅でしたら、ご主人にお会いしたいのですが」と言うと、エミール・シオラン〔一九一一－九五。ルーマニア出身の作家〕の妻は私のひどくだらしのない身なりにびっくりしたようだった。「エミール、Vよ。Gの友だちの！」と、アパルトマンの奥に向かって叫ぶと、キッチンに続く廊下に消えた。そこから金属のカチャカチャいう音が聞こえてきたので、きっとお茶の用意をするためにお湯を沸かしているのだろうと思った。

　シオランは私の待つ部屋に入って来ると眉を上げた。それは、控えめだが驚いていることを雄弁に示すサインだった。そして私に座るように勧めた。もうそれだけで、私の目から涙が溢れた。私は母親を探している赤ん坊のように泣いた。そして私が鼻から流れる鼻水を惨めったらしく袖で拭こうとすると、彼は鼻をかむようにと刺しゅう入りのナプキンを差し出してくれた。

　私が彼を盲目的に信頼し、この家まで来たのには、たった一つの理由しかなかった。彼は私の祖父と似ていたのだ。祖父もまた東欧出身だった。両側が禿げ上がった広い額から後ろにとかした白髪、突き刺すような鋭いブルーの瞳、わし鼻、そして強烈な訛り

（彼は紅茶を勧めながら、「レモン《ツィトロン》かい？　ショコラ《チョコラーテ》かい？〔シオランは、citron（レモン）を tzitrón、chocolat（ショコラ）を tchocoláte と東欧訛りで発音している。〕」と言った）。

彼の作品のほとんどは、アフォリズムで構成されていたので短かったが、私は一冊として最後まで読み通せなかった。彼は「ニヒリスト」だと言われていた。ただ確かに、私は彼のそういう立場を後に好きになる。

「エミール、私もうだめ」。私はしゃくりあげながらやっと言った。「彼は私の頭がおかしいって言うの。でも彼がこのままだったら、最後には本当に頭がおかしくなると思う。嘘をついたり、いなくなったり、それに、私が囚人のように閉じ込められているホテルの部屋にまで、女の子たちがひっきりなしにドアをノックしに来る。私にはもう話し相手もいない。彼が私から友だちや家族を引き離したの……」

彼が重々しい口調で私の話を遮った。

「V、Gは芸術家なのですよ。とても偉大な作家なのです。いつの日か世界がそれに気付くはずです。あるいは、もしかしたら気付かないかもしれませんが、そんなこと誰にわかるでしょう？　彼を愛しているのだから、彼の人間性を受け入れなければいけません。Gは決して変わらない。彼はあなたを選んだことで、あなたに大きな名誉を与えているのです。あなたの役目は創造への道をともに歩むこと、そして彼の気まぐれに従うことです。私は、彼があなたのことを熱烈に愛しているということを知っています。でも往々にして女性というものは、芸術家が何を必要としているのかわからない。トルストイの妻は夫にすべてを捧げ、夫の手書きの原稿をほんの些細な間違いまで訂正し、来る日も来る日も一日中タイプしていたのを知っているでしょう！　犠牲を払うことと献身的であること、それこそが芸術家の妻が愛する人に対して捧げなければならない愛の形です。」

「でもエミール、彼はしょっちゅう私に嘘をついているのよ。」

「嘘こそが文学なのです、お嬢さん！　知らなかったとでも？」

私は耳を疑った。思想家であり賢人である彼が、こんな言葉を発したのだ。十五歳そこそこの少女に、自分の人生をいったん脇に置いて、年取った変質者に奉仕しろと要求するなんて、自分こそが最高権威者だとでも言うの？　以後すべてに口をつぐめと要求するの？　ティーポットの柄を持つシオランの妻の小さくふっくらとした指が目に入り、すっかりそれに意識を引きつけられてしまい、今にも呪詛の言葉を投げつけそうになっていた私を思いとどまらせた。申し分なく着飾り、きれいなブラウスに青みを帯びた髪がよく似合っている彼女は、夫の言葉一つひとつに黙ってうなずいていた。彼女は全盛期にはとても人気のある女優だった。その後、映画に出るのをやめた。それがいつ頃のことだったのか考えても仕方がない。エミールが喜んで私に言った唯一うなずける言葉、私がその時思ったよりもずっと明快な言葉、それは、現実には、Gは決して変わらない、だった。

私は時々、午後の授業の後に、小さな男の子の世話をしていた。母の近所に住んでいる女性の息子だった。宿題をさせたり、風呂に入れたり、食事の用意をしたり、少し一緒に遊んだりしてから、寝かせた。母親が外で夕食をとるために再び出かける時には、一人の若者が私の後を引き受けた。

ユーリは二十二歳の法学部の学生で、サクソフォンを吹いていた。そして余った時間は学費を払うために働いていた。偶然の一致かどうかわからないが、彼もまた父方がロシア系だった。私たちはすれ違うだけだった。いずれにせよ最初のうちは挨拶するだけで、ほとんど話をしなかった。しかし何週間か経つうちに、私はだんだんその場にぐずぐずと長居するようになった。そして私たちは徐々に親しくなっていった。

ある晩、私たちは二人で窓辺に肘をついて、日が暮れて行くのを眺めていた。ユーリが私に恋人がいるか尋ねてきたので、打ち明け話をしてしまった。そしてついには、恐る恐るだが、自分の置かれている状況を話した。改めて私は、自分を囚人のようだと語った。まだ十五歳なのに、私は迷路に迷い込んでしまったの。私の生活は延々と続く言い争いと、私がまだ愛されていると思える唯一の瞬間であるベッドでの仲直りの繰り返し。そんな日常の中で自分の進むべき道を見つけるなんて不可能。めったにないけど、今でも授業に出ると、クラスメートたちと自分を比べておかしくなりそうになるの。だって、彼らはおとなしく家に帰ってシリアルを食べながらエティエンヌ・ダオ〔一九五六―。アルジェリア生まれのフランスの歌手〕やデペッシュ・モード〔一九八一年に結成されたイギリスのロック・バンド〕のレコードを聴いているのに、同じ時に、相も変わらず私は自分の父親よりも年上の男の性欲を満足させているのよ。だって、私の中では理性より捨てられる恐怖の方が勝っているし、それにこうした異常な行動が、私を魅力的な人間にしてくれると思い込んでいたから。

私はユーリを見上げた。すると、怒りで顔を真っ赤にし、私が思ってもいなかったほどの荒々しさで顔を歪めた。しかし、不意に優しく私の手を取り、頬をなでた。「そいつがどれほど君を食い物にし、君を傷つけているのかわかってる？　悪いのは君じゃない、彼だよ！　それに君は正気を失ってもいないし、囚人でもない。自信を取り戻して、彼と別れればいいんだ。」

Ｇは私が彼から逃げようとしていることに気付いた。私がもう彼の言いなりにならないと感じて、我慢できずにいるのは明らかだった。とはいえ彼には、ユーリと話したことは言っていなかった。Ｇはフィリピンに一緒に行こうと初めて私を誘った。フィリピンが、彼の作品の中で描かれている悪魔の巣窟のようなところではまったくないということを証明したかったのだ。とりわけ、彼は私と二人で遠くまで出かけたがった、世界の果てまで。anywhere out of the world.〔ボードレールの散文詩の題名。『パリの憂鬱』所収。〕初めて会った日のように、再び互いを見出し、愛し合うために。私はどうしていいかわからなかった。彼の誘いに乗ることは怖くてたまらないが、それに乗りたいという気持ちを抑えきれなかった。おそらく私は、何冊かの彼の作品の中の吐き気を催させるような描写は、すべて幻想であり、挑発であり、はったりでしかないということをはっきりさせ、悪夢を消し去りたいという愚かな望みを抱いていたのだ。マニラに児童売買春は存在しないんだと、そんなものは今までだって存在したことはなかったんだと、はっきりさせたかった。でも心の奥では、それはまったく本当のことではないし、彼と一緒にマニラに行くなんてばかげているとよくわかっていた。彼は私に、私たちが十一歳の男の子とベッドをともにすることを要求するだろうか？　彼はこの非常識な旅行の許しを厚かましくも母に求めたが、最初から母はきっぱりと断るつもりだった。私は未成年だったので、彼女の許可なくフランスを離れることはできなかった。この裁定のおかげで、私は大きな重圧から解放された。

しばらく前から、Gはフィクションと現実、彼の書いたものと実際の生活との間にはギャップがあると、事あるごとに強調するようになっていたが、私にはそれらの違いがわからなかった。彼は手がかりを消して混乱させ、だんだん頻繁に彼の嘘を見破れるようにしてくれた私の第六感を惑わそうとした。人を弄ぶ彼の才能の幅広さを、彼が私との間に積み上げることに成功した作り話の山の高さを、私は少しずつ見破っていった。彼は並外れた策士であり、まったく抜け目のない人間なのだ。彼の知性すべては、自分の欲望を満たすことと、それを本の中に書き込むことに向けられていた。実際、この二つのモチベーションだけが、彼の行動を導いていた。性的快楽を得ること、そして書くこと。

ある思いもよらなかった考えが私の心に芽生え始めた。その考えは完全に信じるに足り、避けがたい論理的帰結だったので、余計に耐えられなかった。そして、その考えは一度浮かんだが最後、二度と頭から離れなかった。

私は、あの一連の匿名の手紙を書いた人物について、まわりの人間の中でGだけは一度も疑ったことがなかった。あのぶしつけな手紙が頻繁に書かれたせいで、初めの頃の私たちの恋の物語は、とても危険で波瀾万丈なものになった。たった二人だけですべての人々に対抗し、まっとうな人たちの嫌悪に反発して一つに結ばれた私たちは、警察の嫌疑に勇敢に立ち向かい、警察の探るような視線から逃れるだけでなく、私の知り合い全員を疑わなければならなくなった。彼らは特別な敵、つまり嫉妬にかられた千組もの目で私たちをにらみつける一匹のモンスターになった。これらの手紙によって、G以上に得をした人物がいただろうか？　シチリアの二つの家族間の憎しみ以上に私たちを互いに強力に結び付け、彼のことを少しでも批判する人すべてを私から完全に遠ざけた後で、Gはこれらの手紙を次の小説の中で再利用し、その後『日記』の中で完全な形で出版できるかもしれなかった（しかも、彼は間違いなくそうするのだ）。確かにそれは危険な賭けだった。実際、刑に処せられる恐れさえあった。しかし、それだけの価値はあったのだ。何というすごい展開！　何というどんでん返し！　文学作品にとって何と素晴らしい題材！　もし逮捕されたとしても彼は、私が情熱にかられて、彼を愛していると大声で訴えるのを当てにできたろう。彼は、未成年者の結婚にもっと寛大な国で一緒になりたいと繰り返し要求し、私が親権者から解放されるよう求め、そして、私たちの権利を守るために要人や有名人の注意を引くこともできた……。どれほど華々しく世間の注目を集めただろう！　ところが、警官は思ったほど私たちを疑っていないことがわかり、まっとうな人たちはもはや、「少女V」のことなど気にもかけず、普段の生活を取り戻していた。また、私たちのまわりでごくたまに起こっていた義憤も、徐々に弱まっていった。そうしたことをよくよく考えてみて、彼の中に倦怠感と、私たちの恋愛に対する興味の喪失の兆しが、初めは無意識に、彼の中に忍び込んできたのは、はっきりとした証拠はないものの、警察が最終的に彼を解放したちょうどその時期だったと、その時思ったのだった。

私は一度、たった一度だけ、それまで考えたこともなかったようなことを思い切って彼に尋ねた。私は若かったけれど、その突飛な質問を避けて通れなかった。あるいは、まさに若いゆえに、避けて通れなかったのかもしれない。今やその質問は私の中でうごめいていて、私は頼みの綱のようにそれにしがみついていた。というのも、その質問のおかげで、私はGに少しは自分を認めさせたいという望みを持つことができたから。それは微妙な質問でもあったので、彼をまっすぐ見て、震えることなく、たじろがずに尋ねなければならなかった。

世間から孤立したホテルの部屋で、ベッドに二人ならんで寝転んで、穏やかで親密な気分でいる時のことだった。口喧嘩したり、不平をならべたり、泣いたりすることもなければ、誰かがドアをノックすることもなかった。私たちの間には、何となく悲し気なものが漂っていた。終わりが近づいているという確信。私たちに絶えずのしかかる疲労感。Gが私の髪の中に手を入れた時、私は思い切って言った。

「あなたが子供かティーンエイジャーだった頃にも、「手ほどきをしてくれる人」のような大人はいたの?」。私は意識的に「レイプ」とか性的な「虐待」とか「暴行」という言葉を口にしないように十分注意した。

とても驚いたことに、その時Gは、「ああ、確かにいたよ。一度だけ。私が十三歳の時に。親戚の男だった」と打ち明けた。この告白には何の感情もなかった。ほんのわずかな心の動きさえ。なので、私がその思い出は彼の作品に一切痕跡を残していないと書いたとしても、間違いになるとは思わない。それでもこれは、彼を解き明かす重要な自伝的要素の一つだ。私が自分の苦い経験を通してそれに気付いたように、Gの文学へのアプローチは常に現実をねじ曲げて、できる限り自分を美化することに目的があった。自分自身については、真実はそのかけらさえ決して明かされない。あるいは、あまりにもうぬぼれが強すぎて、本当に正直にはなれないのだ。この嘘のない一瞬、私たちの間で発された彼の思いがけない言葉、それは、彼がそうと知らず私にくれたプレゼントだ。私は再び全人的な人間になった。もはや私は単に彼の快楽の対象ではない。彼の人生の一片の秘密を知った人間、彼を裁くことなく、おそらく彼に耳を傾けることのできる人間だ。

誰よりも彼を理解できる人間だ。

優しいユーリがそばにいて気遣ってくれたり、数少ないながら友だちが、二年以上も疎遠だったにもかかわらず、少しずつ、また昔のように付き合ってくれるようになり、同年代の人たちとダンスに行ったり、笑ったりしたいと思う気持ちが出てきて、私はGの支配から自由になりつつあった。私たちの絆はほどけかかっていて、邪悪な王国のジャングルはもう一つの世界に場所を譲った。そこでは太陽が輝き、私さえ加われればパーティが始まるのだ。Gは一か月の予定で旅立った。彼は新しい小説の執筆を進めなければならなかった。ユーリは毎日、「マニラでは絶対に遊びには行かないよ」と彼は心にもないことを誓った。私はGと別れるようにとせまったが、出発前に彼と面と向かって対決することは不可能だった。私は何を恐れていたのだろう？　私は彼の不在を利用して彼に手紙を書いた。私たちの物語は始まりと同じように終わるでしょう。そう、手紙を介して。私は内心、彼はこの別れを予期していたのではないかと感じた。望んでさえいたのではないかと。比類なき戦略家、と私は彼のことを手紙に書いた。

しかし、それから起こったことはまったく逆だった。フィリピンからの返事に、Gは私の手紙のせいですっかり気持ちがすさんでしまったと書いてきた。「私には理解できない。君はまだ私を愛している。君の言葉の一つひとつが、君の本当の気持ちを裏切っている。この最も美しく純粋な私たちの物語を、君は消し去れるのかい?」。彼は電話をしてきたり、手紙を送ってきたり、また街角で私を待ち伏せしたりして、私を悩ませた。彼は私が別れを決めたことに憤慨していた。君だけを愛している。他の女の子は存在しない。フィリピンについて言えば、向こうでは完全な禁欲生活を送っていたと誓った。でも、そんなことはもはや問題ではなかった。彼も、彼の過ちも、どうでもよかった。私が望んでいたのは、私が罪を償うことだった。彼ではなく。

私がGと別れたと告げた時、母は初め言葉が出なかったが、その後、悲しそうな様子で言った。「かわいそうな彼。あなた気は確か? 彼はあなたをとても愛してるのよ!」

V
痕跡
L'empreinte

不思議なことに初恋は、われわれの心に傷つきやすさを残すことで、次の恋への道を切り開いてくれるとしても、その徴候や苦悩が等しいからといって、少なくともそれらを癒す方法をわれわれに与えてはくれない。

——マルセル・プルースト
『失われた時を求めて』「囚われの女」

Gは母の家に手紙を出したり電話をかけたりして、私を追いかけ回していたが、最後には根負けしてやめた。それまでは昼となく夜となくひっきりなしに、私に縁を切らないでくれと懇願していた。

私の生活の中で、ユーリが重要な地位を占めるようになった。彼は、私がGとの関係を断って、私を思いとどまらせようとするGの行き過ぎた行動に抵抗する勇気をくれた。私は十六歳になり、ユーリがまだ母親と住んでいた小さなアパルトマンに身を寄せた。そうすることに私の母は反対しなかった。私たちの関係は良好ではなかった。私は繰り返し、私をちゃんと守ってくれなかったと、彼女を責めた。しかし彼女は、自分を恨むのは筋違いだ、だって、私はあなたの思いを尊重するしかなかったし、私はあなたに自分の思い通りの人生を送らせるしかなかったと答えた。

「彼と寝たのはあなたなのに、私が謝らなければならないの？」と、ある日母が言い放った。

「でも、私がほとんど授業にでなくなったり、中学校を何度も退学させられそうになったりしたのは、やっぱり何かの前触れだったのよ！　ママは気付いてもよかったんじゃないの？　違う？　何の問題もなく、万事うまくいくなんてことはないってことに。」

　しかし、話し合いは成立しない。彼女が私とGの関係を認めたということは、当然、すでに私を一人前の人間と見なしていたということなのだ。だから、私は一人で自分の選択の責任を取らなければならなかった。


　それからは私にはもう、普通の生活、つまり年相応のティーンエイジャーの生活を取り戻し、特に世間を騒がせることなく、みんなと同じような生活をしたいという願いしかなかった。今や、物事は難しくないはずだった。私は高校生になっていた。再び授業に出席しようとしていて、生徒たちの意味深な目くばせを気にかけず、先生たちの間に広がり始めた噂も無視するつもりだった。「ほら、見た？　第二学年〔日本の高校一年生〕に入ってきた子。G・Mが毎日校門まであの娘を迎えに来ていたんだって。ジャック・プレヴェール中学校出身の友だちが教えてくれたわ……。あきれるわ、親は好き勝手させていていたのよ！」。ある日、生徒たちが授業の合間によく時間をつぶしているビストロのカウンターで、私がコーヒーを飲んでいると、一人の教師が隣に座った。私が職員室での話題の中心になっていると教えてくれた。「君だよね、G・Mと一緒に外を歩いていた子は。僕は彼の作品を全部読んでいるんだ。ファンなんだよ」。

「ええ、まあ。ということはすごいスケベってことですね……」と彼に答えられたら、さぞ愉快だっただろう。でも、まあいい。今はいい子だと思われるようにしなければ。私は礼儀正しく微笑むと、お金を払い、私の胸に向けられていた彼のいやらしい視線を忘れようとしながら外に出た。

汚名をそそぐのは容易ではない。


また別の日には、高校のすぐ近くの路地で一人の男に呼び止められた。彼は私のファーストネームを知っていた。そして、この辺りで二、三か月前に、私がGと一緒にいるのを何度も見たと言った。私がGのおかげでベッドでのテクニックを身に付けているに違いないと思ったのか、想像力をたくましくして、猥褻な言葉を次から次へと浴びせかけてきた。私は本物のサド侯爵のヒロインだ！

堕落しきった少女を想像することでしか興奮しない年寄りがいる。
私は走って逃げ、泣きながら教室に入った。

ユーリは、私が憂鬱に陥らないように、できるだけのことをしてくれた。彼は私が憂鬱になる理由はないと思っていただけに、それに耐えるのは大変だと気付き始めていた。「ねえ、自分の姿を見てごらん。とにかく君は若いんだ。君の人生はこれからだよ。笑って!」。すべてうまくいっているかのようなふりをすることに、つまりごまかすことに精魂尽き果てて、私はもはや怒りの塊でしかなかった。しかし、その怒りを押し隠し、表に出さずに自分自身に向けた。悪いのは私なんだ。落ちこぼれ。ゴマすり女。尻軽女。恋にのぼせ上がっている少女たちの手紙を隠れ蓑にして、ボーイスカウトの写真を見てマスターベーションするような薄汚い男たちと一緒に、チャーター機でマニラに向かって離陸する小児性愛者の共犯者。こうした苦痛をごまかせなくなるたびに、私は鬱状態に陥った。その時私には、ただ一つの願いしかなかった。それは、私自身がこの地上から消えてなくなることだ。

それを見抜けるのは、おそらくユーリしかいない。彼は二十二歳の男として熱烈に私を愛してくれたけれど、彼が何よりも求めていたのは、やはりセックスをすることだった。だからといって、彼を悪く思えるだろうか?

当時私は、セックスは万能だという思いと、セックスに対する無関心との間で揺れ動いていた。時には、その完璧な力に酔いしれた！　いとも簡単に男を幸せにできるのだ。また突然、快楽を味わっている瞬間に、これといった理由もないのに涙が出てきた。「幸せすぎて」、これが、私の涙に心配しユーリに、何とか答えることができた唯一の言葉だった。そして、数日間ずっと、彼に触られるのも耐えられなくなった。それからまた悪循環が始まる。私は、男たちに快楽を与えるという、この世での自分の使命を思い出す。これが私の運命《さだめ》であり、私の役割だ。だから、私は改めて、自分で信じ込んだこの偽りの信念から、献身的に奉仕した。私はふりをした。セックスが好きなふりを、感じているふりを、あらゆる行為が何を意味しているのかを知っているふりをしていた。でも、高校の同級生たちが初めてのキスをしようかという時期に、当たり前のように様々な行為をしている自分が、内心恥ずかしかった。私は踏むべきステップを飛ばししまったんだと、強く感じていた。性急だったし、時期も早く、相手も悪かった。初めての恋人同士としての時間は、全部ユーリと一緒に体験したかった。彼が、私の初恋の、初めての恋人で、私に手ほどきしてくれたらよかったのに。でも私は、そのことを打ち明ける勇気がなかった。まだそこまで自分に自信がなかったし、彼を信頼していなかった。

特に、彼とセックスするたびに、Gの残像が浮かび上がってきてそれを追い払うことができないとは、彼に言えなかった。

もっとも、Ｇは私に一番素晴らしい思い出を残してあげると約束していたのだが。

私が後ろめたさを感じない性的関係を持とうとして、何年間も、どれほど優しい男の子たちと付き合ったとしても、私たち、つまりジュリアンと私の関係が終わった時に戻ることはできないだろう。そう、無邪気な発見をし、対等に快楽を分かち合ったあの時には。

後に、もう少し分別と度胸がついてくると、私は別の戦略をとるようになった。つまり、本当のことを包み隠さず打ち明けるのだ。私は自分のことを、身体をどんな風に動かせばいいのか知らず、何の意志もない人形のように感じると白状した。その人形は、自分とは無関係なゲームのための道具ということだけは知っている、と付け加えた。

このことを明かすたびに別れがやってきた。壊れたおもちゃを愛する人などいない。

一九七四年に、つまり私たちが出会う十二年前に、Gは『十六歳以下』と題するエッセーを出版していた。未成年の性の解放に賛同する一種のマニフェストで、世間のひんしゅくを買ったが、同時に彼を有名にした。この非常に有害な小著で、Gは自分の作品に悪魔のような側面を付け加え、彼の作品に対する世間の関心は高まった。彼の友人たちは、この出版を社会的な自殺行為だと見なしていたが、反対にこの作品のおかげで、彼は一般大衆に認知されるようになり、彼の作家としてのキャリアが勢いづくことになった。

私は、私たちが別れて何年も経ってから初めてその作品を読み、それがどれほどの影響を及ぼすものかを理解した。

Gは作品中で特に、年長者が子供たちに性の手ほどきをするのは、とてもいいことで、社会が奨励するべきだと主張していた。こうした行いは、古代ギリシアで広く行われていて、若者たちが選択の自由と欲望の自由を知ることを保証するものだとしている。「ごく若い人は魅力的だ。彼らはそそられてもいる。私はほんのちょっとキスしたり触れたりする時でさえ、策を弄したり力づくで奪ったりしたことはない」と、Gはそこで書いている。しかし彼は、そのキスや愛撫を、未成年の売春にまったくうるさくない国で、毎回金で買っていることを忘れてしまっている。彼が黒い手帳に書いていることを信じるなら、フィリピンの子供たちは純粋な欲望にかられて、自分から彼に身を任せたのだと、人は思うかもしれない。巨大なイチゴのアイスクリームに飛びつくように。（すべてが小市民的なヨーロッパの子供たちとは違って、マニラでは子供たちは自由の身だ。）

『十六歳以下』は、公序良俗から完全に解放され、最終的には、大人が青少年から快楽を得るのではなく、青少年とともに快楽を得られるように、自由な精神の獲得を目指して闘っている。崇高な企てだ。あるいは、最もたちの悪い詭弁だろうか？　この作品にしても、この三年後にGが公開することになる嘆願書にしても、よくよく読んでみると、彼が守ろうとしているのは、青少年の利益などではない。そうではなくて、青少年と性的関係を持ったために不当に有罪判決を下された大人の利益なのだ。

これらの作品の中で、Gが演じたがっている庇護者の役割とは、様々なテクニックを持った者やそれに精通した者、つまり、もっと言ってしまえば、エキスパートとして、若い人たちにセックスの喜びの手ほどきをすることだ。しかし実際には、この非凡な才能は、相手に苦痛を与えないというだけのものだった。そして、苦痛を与えもしなければ強制もしないということは、わかりきっていることだが、強姦ではないということだ。

若年者とのセックスという企ての難しさは、この最も大事な原則を決して破ることなく、尊重することにある。肉体への暴力はその記憶に対する反抗心を残す。それは耐えがたいほど恐ろしいものであり、実に確固たるものだ。

それとは逆に、性的虐待は、はっきりとそれとは気付かないほど狡猾で遠回しだ。だいたい、成人同士の間には「性的虐待」という言葉は絶対に使われない。「弱い者」への虐待ならある。そう、たとえばお年寄り、いわゆる弱者と言われる人へだ。弱さ、それは、ほんのわずかなすき間のようなもので、Ｇのような心理的特徴を持った人物は、そのすき間から他人の中に入り込むことができる。これが、同意という概念を微妙なものにする要素だ。性的虐待や弱者への虐待では、同じような現実の否認が頻繁に起こる。自分が被害者であることを認めないのだ。というのも、同意したことを否定できないのに、どうして虐待されたと認められるだろうか？　この場合、自分を食い物にしようとしている大人を、自分の方でも求めているのに？　私自身、何年間も、自分が被害者だということを認められず、この被害者という概念を巡ってもがき苦しんだ。

これに関してはＧが正しいのだが、思春期そして青春時代は、官能が爆発する時期だ。セックスがすべてであって、欲望が抑えられず、それに圧倒される。波のように押し寄せてくる欲望を、直ちに満足させなければならず、満足を共有できる出会いを待ち焦がれる。しかし、いくつかの隔たりは解消できない。いくら世間が好意的に見たとしても、大人は大人だ。そして大人の欲望は、若者たちをその中に閉じ込めてしまう。どうして、両者が自分たちの肉体や欲望について同じレベルの知識を持てるだろうか？　そのうえ、傷つきやすい若者たちは、性的満足以前に愛情を求めるものなのだ。だから、本当に自分が求めている愛情の証（あるいは、家族が必要としている金銭）と引き換えに、自分が快楽の対象になることを受け入れ、自分の性の主体になることを当面諦めてしまうのだ。

一般的に性犯罪者、特に小児性犯罪者の特徴は、自分の行為の深刻さを認めないことである。彼らは、自分は被害者である（子供から誘ってきた、あるいは女が挑発した）、あるいは守ってあげたのだ（被害者のためになることしかしていない）、と主張するのが常だ。

私はGと出会った後で、ナボコフ〔一八九九－七七。ロシア生まれ作家〕の小説『ロリータ』を何度も読み返したが、そこで読者は反対に、主人公の驚くべき告白を聞く。ハンバート・ハンバートは、精神病院の片隅で告白を書く。彼は間もなく、裁判の直前にその病院で死ぬ。彼は自分に対して容赦がない。

少なくともロリータは、自分から青春を奪った義理の父本人の声で、こんな風にはっきりと罪を認めて謝罪してもらえるとは、何て幸運だろう。ただ、この告白がなされた時に、彼女がすでに死んでいたのが残念だ。

ナボコフが書くような作品は、今日では出版されているが、いわゆる「厳格主義への回帰」の時期には、間違いなく検閲を受けたというのはよく聞く話だ。しかし、『ロリータ』は、小児性愛を弁護するような作品ではまったくないと思う。それとは逆に、このテーマについて読めるものの中で、最も激しく、最も有効な糾弾である。私は、そもそもナボコフは小児性愛者だったのだろうかとずっと疑っている。もっとも、この既存の秩序を覆すテーマへの彼の執拗な関心は、疑念を喚起するには十分である。何しろ彼は二度、一度目は母国語で『魅惑者』というタイトルで、それからずっと後になって、今度は英語で、世界的成功で象徴となった、この『ロリータ』という題名で、このテーマに取り組んでいるのだ。おそらく、ナボコフは自分のある種の性向と戦っていたのだろう。そこのところは私には何もわからない。しかし、自覚なしに背徳的な行動をとったり、遊びで誘惑したり、まるで駆け出しの女優のように媚を売ったりしたのがロリータの方であるにもかかわらず、ナボコフはハンバート・ハンバートを決して庇護者だと思わせようとはしていないし、ましてや善人だと思わせようともしていない。主人公を生涯苦しめた小悪魔的な少女へのやむにやまれぬ病的な情熱の物語は、逆に冷酷なほど明晰だ。

Ｇの作品には後悔どころか問題の提起すらない。ほんの少しの悔いや自責の念もない。彼の作品を読むと、それは偏狭な気風の社会では否定されてしまうような成熟を若者たちにもたらし、彼らが自分自身を解放し、彼ら自身が快楽を求めていることを明らかにし、彼らが与え、そして与えられることができるようにするために書かれたかのようだ。

本当にこれほど自己犠牲の思いがあるならば、リュクサンブール公園の彫像になってもおかしくないだろう〔同公園には、百を超える偉人、聖人の像がある〕。

私はGと一緒にいて、本は作家自身が愛していると主張する人たちを閉じ込める罠になりうるのであり、そうした人々を裏切って苦しめる道具となりうることを、身をもって知った。私の人生に足跡を残しただけでは、私を痛めつけるにはまだ十分ではなかったとでも言うように、今やGは私に関する情報を提供し、真実を歪め、紙に記録して、自分の悪行を永久に刻み付けずにはいられない。

本の中に自分の姿が閉じ込められているのを見て、パニックを起こしている世間知らずな人たちの反応は、物笑いの種になる。偽りの肖像の中に閉じ込められ、自己を単純化され、グロテスクで歪んだお決まりのイメージに押し込められるという感覚を、何といっても私は誰よりも理解している。こんな風に他人のイメージを有無を言わさず奪うことは、その人から魂を奪うことに等しい。

私が十六歳から二十五歳の間に、私がヒロインと思われるGの小説、私が十四歳の時に書いた手紙が何通か含まれたGの作品が次々に出版され、一瞬たりとも私をそっとしておいてはくれなかった。私たちが出会った時期に当たる部分の『日記』、そして二年の間を置いて、同じ本の文庫版、さらに私の手紙を含む別れの手紙を集めた書簡集。それに加えて、彼が得意げに私の名前を出している新聞や雑誌の記事やテレビのインタビューがあった。さらに後に、黒い手帳がもう一巻出版されたが、そこには私たちの別れが偏執的に蒸し返されていた。

これらの書物の刊行は、私がどのような状況でそれを知ったにせよ（彼は自分がずっと好意を持っているということを、私に知らせようとしていたが）、私にとっては嫌がらせと変わらなかった。他の人たちにとっては、穏やかな湖上での蝶の羽ばたきが、私にとっては地震であり、目には見えないが、すべてを根底からひっくり返す衝撃であり、決してふさがらない傷口に突き立てられたナイフであって、刊行のたびに、日々の生活でようやく成し遂げたと思った前進を百歩も後退させられたのだ。

大部分が私たちの別れについて書かれた彼の『日記』の一冊を読んで、私は胸を締め付けられるような不安にかられた。Gは今や私たちの関係を、最も自分に都合のいいように歪めて公表し、自分のために利用していた。彼の洗脳の企ては老獪だった。彼は『日記』の中で、私たちの物語を非の打ち所のないフィクションに作り変えていた。それは、悔い改め聖人になった放蕩者の物語であり、立ち直った背徳者、不実な男がまっとうな生活を送るようになった物語だ。時間の隔たり、つまり、実人生が小説の中でしかるべく消えてなくなるのに必要な時間を置いて出版された、実話とはまるっきり異なるフィクションだ。私は裏切り者だ。この理想的な恋愛を損ない、フィクションの中でともに変身するのを拒んで、すべてを台無しにした裏切り者。このフィクションを信じようとしなかった者だ。

私は、この恋が本質的に彼に挫折をもたらすことを、彼が理解しようとしないことに唖然とした。Gは私の思春期というはかなく移ろいやすい瞬間しか愛することができないのだから、この恋には初めからいかなる未来もないということを、彼は認めなかった。

私はこれら自分が出てくるページを、無力感と怒りで我を忘れて一気に読んだ。多くの嘘や悪意があり、彼があらゆる罪に対して自分は被害者であると見せようとしたり、自分が潔白であると証明しようとしたりしていることに恐怖を覚えた。最後の章を読み終えた時には、まるで神経と喉を見えない力で同時に押さえつけられているかのように、息もできない状態だった。生きる力がすべて、このおぞましい本の活字に吸い取られ、身体から抜け出ていた。このショックに打ち勝つには、バリアム〔精神安定剤〕を注射するしかなかった。

私がGと再び連絡を取ることをかたくなに拒んでいたにもかかわらず、彼は私の様子についてこっそり情報を得続けていたことも知った。誰が知らせていたのかはわからなかった。彼は『日記』の中で、別れる時に彼が私に言った通り、彼と別れた後、私が麻薬常習者に感化されて、非常に厄介な状態に身を落とすことになると匂わせてさえいた。彼は、保護者として、私の年頃の者が陥りやすい危険から私を遠ざけるためにあらゆることをしてやった、と書いている。

このように、Gは誘惑した少女たちの人生で自分が果たした役割を正当化するのだ。堕落した彼女たちが路頭に迷ったり、社会のくずになったりしないようにしてやった。哀れな少女たちの人生を救おうとしてやったのに、無駄だった!

当時、私に告訴できるとアドバイスしてくれる人はいなかった。私の同意なしに私の手紙を掲載したり、名前と、名字のイニシャルに加え、他の多くのこまごまとした描写によって、誰だかわかってしまう未成年者の性生活での行為を並べ立てる権利はないと、出版社を訴えられると、誰も教えてくれなかった。私は被害者という言葉を無力で漠然としたものとして認識してしまわずに、初めて自分を被害者だと感じた。また、私たちが付き合っていた間中、彼の性欲動を満足させていたというだけでなく、心ならずも、私のおかげで、彼が今でも文学的プロパガンダを拡散し続けられるのを見ると、彼の引き立て役になっているのではないかと漠然と感じた。

この本を読んで私は、自分は人生を実際に経験する前に台無しにされた人間なのだと心の底から思った。本の中で、私の物語は一本のインクの線で抹殺され、丹念に塗りつぶされ、それから手直し、清書されて、何千冊も印刷されたのだ。一から十まで創作された、この紙の上の人物と現実の私との間に、いったいどんな関係があるのか? 大人としての人生がまだ形を成していないのに、フィクションの登場人物にされてしまったことで、私は翼を広げることができなくなり、言葉の牢獄に閉じ込められて、身動きさえかなわない。Gがそのことを知らないはずはない。でも彼は、まったく気にとめていなかったと思う。

君を不滅にしてやったんだ。何が不満だと言うのだ？

作家というのは、付き合うに値する人種ではない。彼らを普通の人間だと思うのは間違いだろう。彼らは本当に悪人だ。

他人を食い物にするような人間なのだ。

私は、文学をやろうという気持ちをすっかり失った。

私は日記を付けるのをやめた。

本から遠ざかった。

もう二度と書こうとは思うまい。

予想通り、自分を取り戻すための私の努力は、すべて失敗した。すぐに胸を締め付けるような不安感に襲われた。私は再び、一日おきに高校をサボるようになった。私の度重なる欠席を受けて二度の懲罰委員会が開かれた後、私は、それまで驚くほど好意を示してくれていた校長から校長室に呼び出された。

「V、気の毒だけど、私があなたにどんなに好意を持っていても、あなたをかばい続けることはできないわ。先生方があなたに反感を持っているのよ。あなたは欠席を繰り返して、先生方の権威を踏みにじっているの。彼らの役割を認めていないことになるのよ（彼らは間違ってはいなかった。私が大人をどう思っているかは、彼らの想像をさらに超えていたのだから）。そのうえ、あなたは悪い見本になっているの。あなたのまねをする生徒が出てきたのよ。こんなことはもう終わりにしなければ。」

退学処分となれば身上書に記載され、悪い影響を及ぼしかねないので、それを避けるために、校長は私に「一身上の都合」で自主的に「辞める」ように、そして、自由受験生としてバカロレアを受けるように勧めた。いずれにせよ、義務教育は十六歳までだ。

「V、あなたならできる。私はそのことに関しては何も心配していない。」

私に選択の余地はなく、彼女の申し出を受け入れた。私はずっと、ありきたりの道を外れて、社会的な規範や組織の外で生きてきた。そして今や、高校の時間割を気にする必要さえまったくなくなった。そんなことは大したことではなかった。最終学年〔日本の高校三年生〕の年、私はカフェで国立遠隔教育センターの通信講座の本を読んで過ごした。

　夜はダンスをしたり、気晴らしに酔っぱらったりした。時には危ない人たちと出会ったが、彼らのことは何も覚えていない。ユーリとは別れた。私の不満を耐えている彼に、私が耐えられなかった。それから別の男の子に出会った。頭がよくて優しかったけれども、人生にひどく幻滅していた。その男の子は、私のように黙って苦しむ人で、人工楽園〔マリファナのこと。ボードレールの作品名〕でしか憂鬱を追い払うことができなかった。私は彼のまねをした。確かに、私は危ない状態だった。Gは正しかった。彼は私を精神病患者同然にしたのだ。私は自分を、彼の作中に描かれた人物に合わせようとしていた。

　それは何の前触れもなく突然やってきた。私は頭の中をぐるぐるとループのようにまわる疑問に悩まされながら、人通りのない道を歩いていた。その疑問は何日も前から私の心に入り込み、追い払うことができなかった。私が生きている確かな証とはいったい何か？　私は本当に存在しているのか？　それを確かめるために、食べないことにした。食事をして何になる？　私の身体は紙でできていて、血管にはインクしか流れておらず、内臓はなかった。お笑い種《ぐさ》だった。絶食して何日か経つと、最初の影響として空腹の代わりに幸福感が感じられた。そして、今まで経験したことがないような軽快さを感じた。私はもう歩くのではなく、地面を滑るように進んでいた。もし腕をぱたぱたと動かしたら、たぶん飛んだだろう。満たされない気持ちを感じることもまったくなかったし、胃が痙攣することも、リンゴやチーズを見て食欲をそそられることもまったくなかった。私はもはや物質的な世界に属してはいなかった。

　私の身体は食物を取らなくても大丈夫になったのだから、今さら睡眠を取る必要があるだろうか？　私は夕暮れ時から夜明けまで眠らずにいた。昼と夜との連続性を遮るものは何もなかった。バスルームの鏡にまだ自分の姿が映るかどうか確かめに行ったあの夜までは。奇妙なことに、そう、確かに私の姿はまだそこにあったけれども、見たことがない、魅惑的なものだった。今や私を通して向こう側が透けて見えていた。

　私は消えかかっていた。蒸発し、消滅しかかっていた。まるで生者の世界から、ゆっくりと引き離されるような、恐ろしい感覚だった。全身の毛穴から魂が抜け出て行くような感覚。私はしるしを探して、夜の間中、街中をさまようようになった。生きている証を。私を取り巻く街は、靄がかかり夢幻的で、映画のセットになっていた。見上げれば、正面の公園の鉄柵が、ひとりでに動いているようだった。その鉄柵は、規則正しくまばたきするように、一秒間に三枚か四枚の像が映し出される幻灯機の映像のようにゆっくりとまわっていた。私の中でまだ何かが抵抗していて、私は叫びたかった。「誰かいませんか？」。

　その時、不意に二人の人物があるビルのポーチに現れた。彼女たちは墓地に供える重い花輪を懸命に手に提《さ》げていた。彼女たちの唇が動き、私に話しかけている声は聞こえたが、言葉の意味はまったく理解できなかった。少し前までは、命あるものを目にすれば、現実の世界に繋がれるかもしれないと思っていたのに、その光景は、寝静まった街のまったく動かない風景よりも、さらにひどかった。一瞬、私も夢を見ることができたかもしれないほど束の間の瞬間、私は自分を落ち着かせるためのように二人に話しかけた。

「すみません、今何時ですか？」

「意気地なしに教える時間はありません」と、二人のうちの一人が答えた。彼女は花輪の重みで背中が曲がっていた。花輪からは青白い光が発し、彼女の腕を照らしていた。もしかしたらむしろ、こう言ったのか？「泣いている時間はありません」。

私の上に巨大な悲しみが崩れてきた。

自分の手を見ると、骨格や神経、腱や筋肉、さらには皮膚の下でうごめいている細胞までもが透けて見えた。誰でも、私の身体を通して向こう側を見ることができただろう。私はもはや粉状の光量子の寄せ集めでしかなかった。私のまわりのものは、すべて見せかけだけのものだった。そして私も例外ではなかった。

小型のパトカーが曲がり角から不意に現れた。制服を着た二人の警官が降りて来た。そのうちの一人が私に近づいて来た。

「いったい何をしているのですか？　こんな風に一時間もこの公園のまわりをうろうろしたりして。道に迷ったのですか？」

私が泣いていて、怯えて後ずさりしたので、男は同僚の方へ戻って行って、フロントシートの辺りを引っ掻き回すと、サンドウィッチを持って私のところまで再びやってきた。

「お腹がすいていませんか？　さあ、これを食べてください。」

私はもう動けなかった。その時、彼がライトバンの後ろのドアを開けて大きな声で言った。

「こちらに来て、中で温まってください！」

彼の話しぶりは、私を安心させようとしてたが、彼が二つならんだ座席の一方を指した時、そこに見えたのは、私だけを待つ一脚の電気椅子だった。

私はいつから自分の足跡を見失っていたのか？　どうして自分は「死刑」に値すると信じ込むほど、罪悪感をため込んでしまったのか？　自分でもまったくわからなかった。いずれにせよ、あの日の夜明けに、あの陰気な病院で目覚めた時、私が思ったのはこのことだった。この病院では、救世主の言葉を聞くかのような研修医たちの様子からはっきりとあがめられていることがわかる髭を生やした医者が、奥の方にビデオカメラが取り付けられた病室で、私に何があったのか、どういうわけでここに来ることになったのか、と尋ねた。ここは、徘徊癖のある精神病患者や妄想癖のある患者、食欲不振症者、自殺願望者、意気消沈した患者たちの寂れた避難場所だった。

「お嬢さん、あなたは人格喪失を伴う精神疾患の状態にありました」と、髭の医者が言った。「ビデオを気にしないでください。それより、どうしてこうなったのか話してください」。

「あの、これはみんな現実ですか？　私は……フィクションではないのですか？」

以来私は、あまりにもばらばらで互いに繫がらないたくさんの異なった人生を生きてきたと思う。私の後ろにあるものは限りなく遠い。時々、その時期の記憶がぼんやりと浮かび上がっては、あっという間に消えて行く。私は、いわば自分を再構築し続けてきた。しかし、自分のやり方が間違っていたと思わずにはいられなかった。亀裂は開いたままだった。

それからは、できるだけ健康に気をつけた。何年間も「言葉による治療」〔精神分析のこと〕を受けた。初めは、私の命を救ってくれた精神分析医の治療を受けた。彼は私が病院で処方された薬をやめてしまってもまったく気にしなかった。バカロレアを取得した後、一年間の「空白」があったが、彼は勉強をやり直すのを手伝ってくれた。

奇跡。一人の友だちがもとの高校の校長先生に私の事情を説明し、取り次いでくれたおかげで、校長は私を準備学級〔フランス独自の高等教育機関グランゼコールの受験を目指す〕に受け入れてくれた。二人には、どれほど感謝してもしきれない。私は元の道に戻ったのだが、しかし自分を白紙のように感じていた。空虚。一貫性の欠如。そして、相変わらず罪人の烙印を負っていた。改めてみんなに溶け込み、普通の生活を送ろうとして、私は仮面をかぶり、自分を隠し、人を避けて引きこもった。

同じ名前、同じ名字、そしてもちろん同じ顔で、違った生き方を二、三してみたが、ほとんど役に立たなかった。私は二、三年ごとに人生を一からやり直した。恋人や友だち、職業、服装や髪の色、話し方を変えた。そして、住む国までも。

過去について尋ねられると、決して形にならない厚い靄の中から、いくつかのイメージが現れた。私は自分の痕跡を残さないようにしていた。私は子供時代や思春期に、何の懐かしさも感じない。私は自分自身の上を漂っていて、いるべき場所には決していなかった。自分が誰なのかも、何を望んでいるのかもわからなかった。私は流されるままだった。とても長い間生きてきたような気がしていた。

自分の「初体験」については、決して話さなかった。あなたは？　何歳の時だったの？　誰と？　やれやれ、あなたがもし知っていたら……。

当時のことを知っているごく親しい友だちがいたが、私にあの頃の生活について尋ねることはめったになかった。過去は過去だ。人にはみな乗り越えなければならない過去がある。誰の過去も決して単純ではない。

以来私は、多くの男と知り合った。彼らを愛することは難しくなかった。でも、彼らを信頼することは、また別の話だった。常に身構えていた私は、彼らはそんなこと思っていなかったのに、私を利用しようとしている、丸め込もうとしている、騙そうとしている、自分のことしか考えていない、と疑っていたのだ。

男の人が私に快感を与えようとしたり、もっとひどいことに、私から快感を得ようとしたりするたびに、暗がりにうずくまり、今にも私に襲いかかろうとしているある種の嫌悪感と戦わねばならなかった。暴力的なふるまいではないのに、そのふるまいに対して私が勝手に思い込んだ想像上の暴力と戦わなければならなかった。

アルコールや向精神薬の助けを借りずに、男性とうまく付き合うまでには、時間が必要だった。目を閉じて、素直に他人の身体に自分の身体を委ねることができるようになるにはさらに時間が必要だった。自分自身の欲望の道を再び見つけるためにはなおさら。最終的に、心の底から信頼できる男性に出会うまでに、まだ何年もの時間が私には必要だった。

Ⅵ 書くこと

Écrire

言葉は常にその所有者専用の狩猟地だ。言葉に精通する者が権力を持つことになる。
——クロエ・ドゥローム*『親愛なる姉妹たちへ』

私は出版の世界に再び拾われる前に様々な仕事をした。しかし、無意識というものは信じられないほど狡猾だ。誰も自分の運命を免れはしない。私は長い間、本から遠ざかっていたが、本は再び私の友だちになった。そして、それを仕事にした。結局、私が一番わかっているのは本のことだった。

たぶん私は、手探りで、何かを取り戻そうとしていた。でも何を？　どのようにして？　私は自分のエネルギーを他人の書いた文章のために使った。無意識のうちに答えを、ばらばらになってしまった私の物語の断片を、私はまだ探していた。私はこんな風にして謎が解けるのを待っていた。「少女V」はどこへ行ったのだろう？　誰か、どこかで彼女を見かけなかっただろうか？　時おり心の奥深いところから、一つの声が蘇っ

*1973—。フランスの作家。

てきて、「本なんて嘘っぱちだ」と私に囁いた。まるで自分の記憶がかき消されたかのように、私はもう、この声に耳を貸さなかった。時々、稲妻が走った。あちらこちらで、些細なことに光が当たった。ああ、そうだ、たぶん私のかけらなんだ、行間に、これらの言葉の裏にあるのは。そこで私はそれらを拾った。それらを集めた。そして自分を再構築した。いくつかの本は非常に有効だった。私はそのことを忘れていた。

私がついに解放されたと感じた時、Gが再び私を支配しようとして、例によって私の行方を探し出した。私は大人になってはいたが、誰かが私の前でGの名前を出した途端、身がすくんで、彼と出会った頃の思春期の女の子に戻ってしまうのだ。私は一生、十四歳のままなのだろう。そういう運命なのだ。

ある日、私がどこに住んでいるのか知らないGが母のもとへ送り続けていた手紙の中の一通を、母から渡された。私は彼と連絡を取ることを拒んで無言を貫いていたが、彼は決して諦めなかった。Gはその手紙の中で、彼の崇拝者がベルギーの出版社から出そうとしている彼の伝記に、私の写真を使わせて欲しいという信じられないほど厚かましい依頼をしていた。私に代わって、友人の一人の弁護士が凄みの利いた返事を出した。もしGが、いかなる方法であっても、文学作品の中で私の名前や画像を使用し続けるならば、この手紙の日付以降、訴追されるだろう、という内容だった。Gが再度手紙を書いてくることはなくなった。私はやっと安全な場所に身を置いた。しばらくの間は。

それからわずか数か月後に、私はGがインターネットでオフィシャルサイトを持っていることを知った。そこには、彼の生い立ちや作品の年表の他に、彼の恋人たちの写真がアップされていた。その中に十四歳の私の写真が二枚あり、キャプションとして、今では（私自身、すべてのメールに無意識にそう署名しているほど）私という人間を端的に表しているこのVというイニシャルが添えられていた。

ショックは耐えがたいものだった。私が友人の弁護士に電話すると、彼は自分よりも肖像権の分野で豊富な経験を持っている同僚の女性を紹介してくれた。私たちは執行官証書を請求したが、それだけですでに相当の額になった。しかし、長い間調査した結果、私の新しい顧問弁護士は、残念ながら大したことはできないと告げた。例のサイトはGの名前ではなく、アジアのどこかに住んでいるサイトの管理者の名前で登録されていたのだ。

「フランスの法規制の及ばない名義人にホスティングさせて、コンテンツの所有権を自分に帰することができないようにして、G・Mは完璧に切り抜けたのよ。法的には、このサイトは彼のファンのもの。それ以上でも以下でもない。図々しいにもほどがある。でもどうしようもない。」

「どうしてアジアに住んでいる見ず知らずの人が、十四歳の私の写真を手に入れられるの？　Gしか持っていない写真よ？　そんなの筋が通らないわ！」「もしあなたが同じ写真を持っていないなら、写っているのが確かにあなただと証明するのは難しいでしょうね」と、彼女は本当に残念そうに答えた。そのうえ私は、Gが少し前に、知的財産権の第一人者としてみんなから恐れられている弁護士会の大物を、弁護士として雇ったことを知った。「最初から勝ち目のない法廷闘争を始めたら、あなたはお金の面だけでなく、健康の面でも犠牲を払うことになりかねない。本当にそれほどの価値があるかしら？」

身を切られる思いで、私は訴訟を断念した。またしても、勝ったのは彼だった。

運命とは皮肉なもので、私は今、七〇年代に発表されたGの作品、『十六歳以下』と題された例のエッセーを出した出版社で働いている。

私は出版社に入る前に、この本に関する様々な権利が更新されていないことをしっかりと確かめた。それがふさわしいのだが、更新されない理由はわからなかった。私としては、倫理的な厳しい非難を受けたせいだと思いたかった。しかし実際には、たぶんもっと月並みな理由からだろう。この手の本のファンが減ったか、ファンたちが自分をそんな人間だと認めるのが恥ずかしくなったのだ。

残念ながら、Gはいまだにパリのほぼすべての出版社でのさばり続けている。そして私たちが出会ってから三十年以上経った今でも、相変わらず彼の支配力が私に及んでいることを、彼は確かめずにはいられなかった。彼がどのようにして、私の足跡を見つけ出したのかわからないが、文学の世界はとても狭く、噂はあっという間に広がる。考えすぎても無駄だ。ある朝オフィスに行くと、私が働いている出版社の編集長から返答に困る長いメールが届いていた。彼女は何週間も前から、私との橋渡しをしてくれるように頼みこむメッセージをGから送られて、文字通り責め立てられていた。

「本当にごめんなさい、V。もうかなりの間、私はこんなことであなたが悩まないようにと、盾になろうとしてきました。でも、どうしても彼を抑えることはできないようなので、結局、あなたに話して彼のメールを読んでもらうことにしました」と、彼女は私に書いていた。

読んだ私が恥ずかしさで慄くようなメールのやり取りの中で、Gは私たちの物語の経緯を、漏れなく（彼女が知らない場合には、そしてそれが、まるで彼女に関係することでもあるかのように）詳細に説明し、生々しく辿っていた。私のプライベートにずかずかと入って来るだけでも耐えられないのに、彼の調子は甘ったるいと同時に悲壮感を漂わせていた。死にそうだと言う彼が書いているのは、ばかげた話ばかりだったが、特にひどいのは、自分の一番の望みは私にもう一度会うことだと言って、彼女の同情を買おうとしていたことだ。重病にかかっているが、私の愛しい顔をもう一度見るまでは、心安らかにこの世に別れを告げることができない。べらべら……。何人《なんぴと》も死にゆく者を拒むことはできない。べらべら……。それゆえ、あなたに仲立ちをお願いしているのです。是が非でも私のメッセージをVに伝えるべきです。まるで彼のわがままをかなえるのが、当然だとでも言うように。

その後で、彼は私の自宅の住所を知らないので、私の職場に手紙を送らざるを得なかったと残念がっていた。あきれた！ また、彼が少し前に送った一通の手紙（実際、それは一通や二通ではなかった）に私が返事を書かなかったことにも、わざとらしく驚き、それは最近私たちの事務所が引っ越したためだと納得していた。

本当のところ、私は自分のデスクに何度もGの手紙があるのを見つけたが、読まずに機械的にくずかごに捨てていた。Gは私に封を開けさせるために、ある日ついに、私が筆跡を見分けられないよう、他人に封筒の宛名を書かせることまでした。いずれにせよ、中身は三十年間ずっと同じだ。私が何も言って来ないのは不思議だ。きっと、あれほどの崇高な関係を壊し、彼を苦しめてしまったという思いから後悔のあまり憔悴しているに違いない！　Gは私が彼から離れたことを決して許さないだろう。彼の方から謝ることは何もないのだ。悪いのは私だ。大人の男と少女が経験することができたはずの、最も美しい恋の物語を終わらせた私が悪いのだ。しかし、私が何と言おうと、私は彼のものだし、これからも永久に彼のものであり続けるのだろう。というのも、私たちの狂おしい情熱は、彼の作品のおかげで、闇の中に輝き続けるのだから。

私が一緒に働いている文芸部の編集長が、Gのために間に入るのをきっぱりと断ったことに対して答えた、彼の言葉が目に飛び込んできた。「私がVにとっての過去の人間となることはありません、それは彼女も同じです。」

またしても、言葉にできない腹立ち、激しい怒りと無力感が再びわき起こってきた。

彼は決して私をほうっておいてはくれないだろう。
パソコンのディスプレイの前で、私はわっと泣き崩れた。

Gは二十年間くらい世間からあまり関心を持たれなくなっていたが、二〇一三年、文学の世界に華々しく返り咲いた。彼の最新のエッセーが権威あるルノドー賞を受賞したのだ。中には、この文学界の大物の才能は否定できないと言って、テレビ番組で公然と率先して誉めそやす人もいる。それはいいとしよう。問題はそこではない。確かに彼には文学的才能がある。私は個人的な経験のために、彼の作品には嫌悪感しか覚えず、客観的な評価はできない。しかしながら、彼の作品の影響力を考えると、彼が作品中で擁護している思想に対してと同様、彼の反道徳的な行為に対して、二十年くらい前から表明され始めた、慎重であるべきだという意見が、なお一層受け入れられることを私は願っている。

Gの受賞に際して論争が起こった。残念ながら非常に小規模ではあったけれど。ごく少数の（彼の年代ではない、私の年代でさえない、全体として若い）ジャーナリストが、この名誉ある受賞に反対して立ち上がった。一方Gは、受賞の時に行ったスピーチで、一つの作品ではなく、彼の作品全体が表彰されたのだと主張した。実際は、彼の作品全体はこの賞にふさわしくはなかった。

「一冊の書物、一枚の絵画、一体の彫刻、一本の映画をその美しさや表現の力ではなく、その倫理感や世間の言うところの反道徳性から評価することだけでも、恐ろしく愚かなことだが、それに加えて、その作品を審美眼を持った人々が好意的に受け入れたことに憤慨して、そうした作家や画家や彫刻家や映画監督に損害を与えることだけを目的とした嘆願書を起草したり、それに署名したりする不健全な考えを持つのは、真に汚らわしいことだ」と、Gは雑誌で反論した。

「真に汚らわしいこと」？

それなら、中学生の少女たちとのじゃれ合いを描いてため込んだ印税を使って、外国で「若々しい尻」の子供たちとセックスをし、その後、それら子供たちの写真を、匿名を隠れ蓑にして、同意もなくインターネットで公表することは、何と呼べばいいのか？

今日、自分が編集者になってみると、文学の世界で名の通ったプロたちが、少なくともGの犠牲になった少女たちの親しい人には、それが誰かを特定できる彼女たちの名前や、場所や、日付や、あらゆる細部を含むGの日記を、それらの内容に対して最低限の距離を置くこともせず、何巻も出版してしまったことが私には理解できない。特にカバーに、この作品は著者の日記であり、著者が、フィクションであることを巧みに盾にとったようなものではないと、はっきりと書かれている場合には。

私は非常に厳格な法律の場における、納得できない抜け穴について長い間考えた。それについて私が見つけた説明はたった一つだ。成人と十五歳未満の未成年との間の性的関係は違法なのに、カメラマンや作家、映画監督、画家といった典型的なエリートが行った時には、どうしてこれほど寛大に扱われるのだろうか？　芸術家というものが独自のカーストに属していると思うしかない。独創的で既存の秩序を覆すような作品を創造する以外、何の代償も求められず、私たちが絶大な力を与えている素晴らしい美徳を持った存在と思うしかない。彼らは、並外れた才能を持った一種の特権階級なのであって、彼らを前にすると、私たちはショックで目が見えなくなり、自分の判断を引っ込めざるを得なくなる。

他の人間がフィリピンの少年とのじゃれ合いを描写して、たとえば、インターネットで発表したり、十四歳の恋人たちのコレクションを自慢したりすれば、誰であろうと司法当局と争うことになり、直ちに犯罪者だと見なされるだろう。

芸術家以外で、こんな風に処罰されないのを目にするのは、聖職者くらいのものだ。文学はあらゆることの言い訳になるのか？

私はGの例の黒い手帳で名前を知った一人の少女を、二度見かけたことがあった。Gは否定していたが、私たちが付き合っていた間少女たちを誘惑し続けていて、ナタリーはその誘惑に捕らえられてしまった恋人の一人だった。

一度目はGが通っていたブラッスリーだった。彼は自分専用に常時テーブルを一つ予約していて、わずか数か月前に私をそこに夕食に連れて行った。私は煙草を買うため、遅い時間にそのレストランに入って行った。Gがそこにいる可能性はほとんどなかった。まさしくナイトキャップの時間だったからだ。残念ながら、私は間違っていた。私はすぐに、彼と彼の前に座っているとても若い女の子に気付いた。彼女の顔の輝きとみずみずしさを見て、私はうろたえた。そして突然、私は急に年を取ったように感じた。私はまだ十六歳だった。私たちが別れてから一年も経っていなかった。

それから五年後、私は二十一歳だったはずだ。ソルボンヌ大学での授業を終えて、サン・ミッシェル大通りへ出ると、向かい側の歩道から私の名前を何度も叫んでいる声に呼び止められた。声の方を振り向いたが、私に向かって手を振っている若い女性が誰なのか、初めはわからなかった。その女性が車に轢かれそうになりながら、走って道路を渡って来ると、私の記憶が蘇った。ナタリーだった。私は少しばつの悪い思いで、煙草の煙の漂うパリのブラッスリーでの、短かくつらいあの夜の出会いを思い出した。あの時Gは厚かましくも勝ち誇ったように微笑みながら、私に挨拶をしたのだった。彼女は私にコーヒーを飲む時間はあるかと尋ねた。私は自分に彼女と分かち合いたいものがあるかわからなかったが、一つのことが気にかかった。当時自分の若さを奪われたように感じたほど私を苦しめた輝きが、彼女の顔から失われていたのだ。それを見て、私は復讐を果たしたような気になり、うぬぼれて、満足してもよかったのかもしれない。五年前、私と同時期に彼の恋人になったのに、こんな風に道の真ん中でわざわざ私に話しかけてくるなんて、よほど度胸がなければできない、と。私は何より彼女が元気がないのに気付いた。彼女の顔はとても不安そうだった。

彼女は興奮し、少々心配になるような様子だったが、私は微笑みかけ、少し話すことに応じた。私たちが座るとすぐに、言葉がとめどなく溢れ始めた。ナタリーは自分の子供時代のこと、ばらばらになった家族のこと、父親が不在だったことを話した。どうして自分の姿と重ねずにいられただろう？　同じパターンだ。同じことに苦しんで来たと、口先まで出かかった。それから彼女は、Gが彼女に対して犯した悪事について話した。すなわち、彼女を家族や友だちから引き離すために、少女の生活を作り上げているすべての要素を裏で操っていたことを。彼女はその時私に、非常に機械的で単調なGのセックスを思い出させた。私のように愛情とセックスを混同してしまったかわいそうな娘。私も彼女と同意見だった。すべてが蘇ってきた、一つ一つの細かいことが。言葉がどんどん押し寄せて来て、私もどれほどその経験の記憶に今でも苦しめられているかを、すぐにでもきちんと伝えたくて、もどかしかった。

ナタリーはとめどなく、話し、言い訳し、唇を噛み、神経質そうに笑った。もしGがこの場にいたら、きっと恐怖に震えたに違いない。彼は、怒り狂った少女たちが集団になって、彼に対して復讐をたくらむようになるのを恐れ、いつも自分の恋人たちが絶対に交流を持たないようにしていた。

私たちは二人とも、タブーを犯している気持ちになった。結局、私たちを近づけ、結び付けたのは何だったのか？　自分をわかってくれる人に心の内を打ち明けたいという溢れんばかりの欲求だろうか。確かに私も、何年か前に他の大勢の恋敵の中の一人でしかなかった娘と、強く結ばれているのがわかって気持ちが楽になった。

私たちはこの新たに芽生えた女同士の友情の中、互いを安心させようとした。あれは本当に昔の話なのよ。私たちはあのことを笑いとばせばいい。嫉妬も苦しみも絶望も感じる必要はない。

「彼は自分では超一流で、最高の恋人のつもりだったけれど、実際は、悲壮感を漂わせていただけなのかもしれないわ！」

　笑いが止まらなかった。すると急に、ナタリーの顔が穏やかになり、輝きを取り戻した。五年前、私が見とれた顔だった。

　それから、マニラの男の子の話が出た。

「実のところ、彼は同性愛者だと思う？　それとも小児性愛者かしら？」とナタリーが私に尋ねた。

「むしろ、エフェボフィル〔思春期性愛者〕ね（私は文学を専攻していて、勉強している時に、どの作家だったかは忘れてしまったが、たまたまこの言葉を見つけてとても満足した）。彼が愛しているのは思春期よ。たぶん彼自身、そこで止まったままなの。彼は恐ろしく頭がいいけど、精神構造は思春期の若者なの。だから、すごく若い女の子と一緒にいると、自分も十四歳の子供のように感じるのよ。おそらくそれが理由で、彼は何か悪いことをしているという自覚がないのよ。」

　ナタリーが再び大笑いした。

「そうね、あなたの言う通りね。彼のことをそう思いたいわ。自分のことをすごく汚らしいと思ったこともあったの。まるで、フィリピンで十一歳の男の子と寝たのが自分だったような気がして。」

「違うわ、あなたじゃない、ナタリー。私たちには何の関係もないのよ。私たちがあの男の子たちと同じだったのよ。当時は誰も私たちを守ってくれなかった。彼が私たちを生かしてくれると信じ込んでいたの。彼はたぶん無意識に、私たちを利用していた。そもそも、それが彼の病気なんだけど。」
「私たちは、少なくとも自分の望む人と寝る自由があるのよね、年寄りとだけでなく！」と言ってナタリーは吹き出した。

私は今や、確証を得ていた。Gと出会ったという重圧に耐えていたのは、私だけではなかったのだ。そしてGは作品に書いていることとは違って、自分の若い恋人たちに感動的な思い出を一つも残さなかった。

私たちは電話番号や、いつか再会できるためのものは何も交換しなかった。再会する理由はなかった。私たちは、よい人生をと祈りながら、固く抱き合った。

ナタリーはどうなっただろう？　その苦しみも含めて彼女を愛し、彼女の恥辱を払いのけてくれる同じ年頃の男の子に出会ったと思いたい。彼女はこの戦いに勝ったと思いたい。しかし今日でも、あの日の彼女のように自分の話に耳を傾けて欲しいと思いながら、やつれて憔悴した顔をして、隠れるように壁にぴったり身を寄せて歩いている少女たちが、どれくらいいるのだろうか？

とても信じられない。そんなことが起こり得るなんて、決して信じられなかっただろう。かくも多くの恋愛に失敗し、ためらいなく愛を受け入れることにあれほど苦労して来たのに、私が人生をともにしている人は、私の負ったたくさんの心の傷を癒してくれた。今私たちには、思春期に差しかかった息子がいる。息子は私が成長するのを助けてくれた。というのも、母親になるには永遠に十四歳でいることはできなかったからだ。彼はとても優しい眼差しをしていて、美しい。いつも少しばかりぼんやりしている。幸い彼は私の若い頃についてほとんど尋ねてこない。そして、これはありがたかった。長い間、子供たちにとって、親は自分が生まれた時からしか存在しない。たぶん彼も直感的に、あえて踏み込まない方がいい陰の領域がそこにあると感じているのだろう。

私はまだ、鬱状態に落ち込んだり、どうしようもない不安に襲われたりした時、よく母を責めた。私は事あるごとに母から、わずかばかりでも謝罪を得よう、ほんの少しでも後悔を示してもらおうとしてきた。私は彼女を苦しめてきた。彼女は自分の立場にしがみついて、決して譲ろうとしなかった。私がまわりにいる今時のティーンエイジャーを指して、「見て。わからない？　十四歳がまだどれほど子供なのか？」と言って彼女の意見を変えさせようとすると、彼女は「そんなの関係ないわ。同じ歳の頃、あなたはずっと大人だった」と答えるのだ。

その後、彼女にこの原稿を読ませた時、私は他の誰のよりも彼女の反応を恐れていたが、彼女はこう書いてきた。「何一つ変えてはだめよ。これはあなたのお話だもの」。

今ではGは八十三歳という高齢になった。私たちの関係は、もうずっと前に時効が成立している。そして彼の名声はついに弱まり、特に法律に違反するような彼の作品は、少しずつ忘れられてきた。時の流れに祝福あれ。

私がこの本を書こうと決心するまでには、とても長い年月が過ぎた。そして、出版することを受け入れるまでには、さらに時間がかかった。今まで私には心の準備ができていなかった。様々な困難を克服できるとは思えなかった。まず、この私の経験についての詳細な物語が、私の親しい人たちや仕事関係の人々に及ぼす影響が怖かった。結果を予想することはいつも難しい。

それに私は、おそらくいまだにGを擁護している一部の人たちからの恐怖を乗り越える必要があった。それは無視できなかった。もし、ある日この本が出版されたなら、私は彼の崇拝者からの厳しい攻撃に直面するかもしれなかった。そして、かつての一九六八年の五月革命の活動家たちからの攻撃にも。というのも、彼らはGの書いたあの悪名高き公開状に署名したので、自分たちが糾弾されていると感じるだろうからだ。さらにおそらくは、性に関する「保守的な」発言に反対している女性たちからの攻撃にも。要するに、道徳的な秩序が逆戻りすることを激しく非難するすべての人々からの攻撃にも……。

私は自分を鼓舞するために、次のように考えるようにした。すなわち、怒りが金輪際ぶり返さないようにしたいのなら、そして人生のこの一時期を再び自分のものにしたいのなら、書くことはたぶん、最良の治療法である。すでに複数の人が、執筆をもう何年も前から勧めてくれていた。反対に、私のためだと言って、思いとどまらせようとする人たちもいた。

最後に書くことを私を説得したのは、私の愛する人だった。なぜなら、書くことは、私が再び自分自身の物語の主人公になることだったから。その物語は、ずっと長い間、奪われていた。

実を言うと、当時少女だった女性の中に、Gが自分の作品において何度も繰り返し描いている彼の素晴らしい性の手ほどきについて、それが嘘であることを暴こうと筆を執った人が、私以前には誰もいなかったことに驚いている。実を言うと、私の代わりに誰か他の人に書いて欲しかった。その人はきっと私より才能も技量もあり、自由な立場だったかもしれない。他の人が書いてくれれば、私はおそらく少し荷が軽くなっただろう。しかし、誰も声を上げないということは、Gの主張を裏付けることになり、彼と出会ったことに不満を言う少女は誰もいなかったと証明しているように見えてしまう。

私はそれが真実だとは思わない。むしろ、十年、二十年、あるいは三十年経った後でも、あのような支配力から解放されることは、非常に難しいということなのだと思う。私たちは、はからずもあの恋愛に影響を受けてしまい、自分たちから彼の魅力に惹き付けられたことで共犯者だと感じてきた。そしてそれに由来する曖昧な気持ちが、いまだに文学の世界に残っているGの信奉者たち以上に、私たちの手足を縛ってきたのだ。

Gは時代について行けない親や、娘に対する責任を放棄している親を持つ、孤独で立場の弱い少女たちを特に選んでいたので、彼女たちが自分の名声を脅かすことは決してないと確信していた。そして、ものを言わぬは同意と同じ。

しかし、私が知る限り、数え切れないほどの彼の恋人のうちで、Gと築いた素晴らしい関係を、本で証言しようとした人はいなかった。

ここに一つの証拠があるのではないか？

今日変わったことと言えば、性道徳の解放の後、被害者たちの言葉が世に現れつつあることだ。Gのような人たちや彼を擁護する人たちは、世に広がる厳格な風潮を非難するとともに、この変化に不満を訴えている。

少し前、私は有名な現代出版資料保管研究所（ＩＭＥＣ）を訪ねようと思っていた。それはカン平野〔ノルマンディー地方〕にある、かつての修道院を見事に改修した建物で、予約をすれば、コレクションの中でも特に貴重なマルセル・プルーストやマルグリット・デュラスの原稿を見ることができる。私は出かける前に、そこに資料が保存されている作家のリストをインターネットで眺めていて、Ｇ・Ｍの名前を見つけ愕然とした。彼はその数か月前に、この権威ある施設に、自分のすべての原稿だけでなく彼がやり取りした愛人たちとのラブレターまで寄贈していた。彼の後世での名声はついに保証された。彼の作品は歴史の仲間入りを果たしていた。

　私は当面の間、現代出版資料保管研究所に行くのをやめた。隣に座っている人が、私が十四歳の時に書いた手紙を見ているかもしれないと思いながら、崇拝する作家の細かくて読みづらい文字を判読するために、厳かな沈黙に包まれた広い閲覧室に座っている自分を想像することはできなかった。私は手紙を閲覧する許可を申請することも考えた。そのためには、嘘をでっち上げなければならないだろう。二十世紀後半のフィクションにおける法律違反についての論文とか、Ｇ・Ｍの作品についての研究報告だとか。私の申請については、まずG・Mの判断が仰がれることになるのだろうか？　彼の承諾が必要だろうか？　自分が書いた手紙を読む権利を得るのに、こんな言い訳をでっち上げなければならないなんて、何という皮肉だろう。

ともかく、私にとって書物を焼くことはいつも心が痛むものだが、盛大な紙吹雪ならかまわない。ずっと実家に置きっぱなしにしていた箱の中から最近持って来たGの献辞が入った本と、Gからの手紙を自分のまわりにならべて、よく切れるはさみで、本当に小さな紙切れになるまで丹念に切り刻もう。そして、ある嵐の日、リュクサンブール公園のどこか人目につかない片隅で、風に散らすのだ。

後世に残らないだけでも、まだましだろう。

追伸　――読者へのあとがき

G・Mの作品は、行間にある含みで、そして時にはより直接的で露骨に、未成年者への性的侵害を明らかに擁護している。文学はあらゆる倫理的判断を超越しているとはいえ、出版に携わる者として、成人と十五歳未満の者との性行為はとがめられるべき行為であり、法律によって罰せられるということを改めて表明するのは、私たちの役目である。

ほら、そんなに難しいことじゃない。私にさえ、こうしたことが書けたんだから。

謝辞

この原稿の最初の「客観的な」読者であり、貴重な指摘と励ましをくれたクレール・オ＝ドゥヴィアンヌにお礼申し上げます。

本書の出版をためらいなく決定したオリヴィエ・ノラの信頼と協力に対して感謝します。

そして最後に、細やかな心遣いでずっと見守り続けてくれたジュリエット・ジョストに感謝いたします。

訳者あとがき

ここに訳出したのは、二〇二〇年一月に刊行されるやフランス文学界を震撼させたヴァネッサ・スプリンゴラの作品 *Le Consentement* である。

本書はスプリンゴラが十四歳から一年余りにわたって、当時五十歳であった作家Gと性的関係にあった体験を、三十年の時を経て告白したものである。Gがフランスで名のとおった作家ガブリエル・マツネフであることから、本書は出版前から頻繁にメディアに取り上げられ多くの人々の注目を集め、出版されるやたちまちベストセラーを記録した。さらにその後、フランスを代表する老舗出版社ガリマール社をはじめとする出版社四社がマツネフの書籍販売を中止し、パリ検察庁が未成年者に対するレイプ罪の疑いでマツネフへの捜査を開始するなど、本書が出版されたインパクトは絶大で、フランス社会を揺るがす事態にまで発展した。

本書がこれほどまでにフランス社会全体に衝撃を与えた理由は、小児性愛の被害者がその体験を告発するという内容もさることながら、マッネフがフランス文学界の大物であり、特に二人が性的関係にあった八〇年代にはたびたびメディアを賑わす時代の寵児であったということも大きな要因であろう。とはいえマッネフは、日本においては、翻訳された著作もなく、ほとんどの人々にとってあまり馴染みのない、イメージしにくい存在なのではないだろうか。

そこで、ガブリエル・マッネフがどのような作家であり、フランス文学界、フランス社会においてどのように評価されてきたかを簡単に紹介しておきたい。一九六五年に作家としてのキャリアをスタートしたマッネフは、七〇年代以降の既成の道徳・倫理観を逆なでするような風潮の中で、タブーを恐れぬ快楽主義者的な振る舞いと、ギリシア・ラテンや古典文学の教養に裏付けられた独特な美文調によって、一部の「審美眼」のある読者の支持を得ていた（フランソワ・ミッテラン元大統領もその一人であることは、本文にあるとおりである）。しかし、彼の名声――作中、Vの父親や警察官までがマッネフを知っている――は、もっぱらテレビによって作られたものではないだろうか。ベルナール・ピヴォが司会を務める、フランスで絶大な人気と影響力を誇ったテレビ文芸番組「アポストロフ」に、ゲストとして出演する様子は作中でも語られているが、彼は一九七五年の番組開始以来六回も同番組に招かれている。そこで、小児性愛を礼賛するような持論を文学の香り高く説いたことが、彼を有名人にした最大の理由であろう。

デビュー以来、本書にも言及されている『日記』シリーズや物議をかもした『十六歳以下』など、約五十作もの日記、小説、エッセイ、詩集を発表しているが、その発行部数はさほど多くなく、一般にはむしろ、前述したテレビ出演や、『ル・モンド』紙や『フィガロ』紙、エンターテインメント情報誌『パリスコープ』など多くの新聞雑誌への寄稿記事によって文学者として認知されているようである。

さらに、二〇一三年に権威ある文学賞であるルノドー賞を受賞した作品は、彼がいろいろなところに発表してきたコラムや批評約五十年分の集大成であるが、その中には自分のホームページが初出という文章も含まれており、最新ツールをも自己宣伝の道具として味方につけるマツネフのしたたかさを示しているようだ。

一方、スプリンゴラは本書の出版をめぐって巻き起こった騒動に戸惑いを覚えているようだ。そして出版各社が行ったマツネフ作品の販売中止の措置に触れて、文学作品の発禁処分や検閲に反対の意思を表明している。マツネフ作品に関しては内容が犯罪に値するという警告を明記する必要があるとしながらも、作品はまさしく時代を映す鏡であると考えているからだ。こうした発言からも、彼女の執筆意図が小児性愛の加害者への復讐にとどまらないことは明らかであろう。

マツネフはスプリンゴラとの関係を繰り返し作品に書いている。しかしそれは、彼女から見れば、捻じ曲げられ改竄された真実とは程遠い彼の物語だ。スプリンゴラは、長い間奪われていた彼女の物語を取り戻し、再び自分自身の物語の主人公になるために、二人の関係を自らの視点から捉えなおそうとする。自分の体験したことに対する深い考察と冷徹な視点を持つ彼女の言葉は、憎しみを克服し、深く傷ついた魂の再生への道のりの記録となっている。

彼女自身は、『リベラシオン』紙のインタビューに答えて、#Me Too運動が本書を書く動機になったというわけではないと、はっきり述べているが、末尾の「ほら、そんなに難しいことじゃない。私にさえ、こうしたことが書けたんだから。」という言葉は、彼女と同じ様に小児性愛の犠牲になったかつての少女たち、さらには性的虐待によって心に深い傷を負い、そこから抜け出せずにいるすべての人々へのエールとなるであろう。

さらに作者の批判は、二人の関係を容認してきたフランス文学界にも向けられる。当時のフランスは、六〇年代後半の学生運動、七〇年代の性の解放運動を経て、カトリックに立脚した古い秩序から脱却しつつあった。あらゆる抑圧からの解放が目指される中で、「自由」が何よりも尊重された時代だった。このような時代背景の中で、知識人の多くが、未成年者の「性的同意」を認めないということは、子供の自由意志を認めずその人格を否定することだと主張するにいたったのであろう。こうした時代の雰囲気は学生運動の時代に青春を送った世代の子供たちが思春期を迎える八〇年代に入っても続く。

とりわけ作者を取り巻く文学界においては保守的、道徳的であることが徹底的に否定され、芸術がすべてに優先するという風潮が支配的だった。それは作中のシオランの言葉からも明らかであるし、何より文学界は、複数の少女たちとの性行為やフィリピンへの買春ツアーを連綿と作品にし続けるマツネフを、未成年者への性的虐待の罪で弾劾するどころか、彼にさまざまな援助――ガリマール社からの月給、文芸家協会からの給費、サン＝ローラン等のメセナによる援助、パリ市による住宅提供など――を与えて、彼が貴族主義的なライフスタイルをみごとに実現するのを可能にした。文学が崇拝され一種の治外法権を得ているフランスの「病根」の深さは、本書が鋭く指摘するところである。

最後に、「同意」について述べておきたい。スプリンゴラは、「同意したことを否定できない」自分は彼の共犯者なのではないかと実に長い間苦しんできた。というのも、彼女はマツネフに性行為を強要されたわけではない。彼女は彼に恋してしまったのだ。しかし、カリスマ的な魅力を持つ五十歳の有名作家と、孤独な十四歳の少女との関係において対等などということがあり得るだろうか。本書はまさに、未成年者の「同意」という問題に対して、私たち大人が負うべき責任を問うている。

奇しくも今年（二〇二〇年）は、日本でも刑法改正があり性交同意年齢が十三歳（フランスよりさらに二歳低い！）に据え置かれたことが問題視されている。こうした状況の中で本書を翻訳するという意義のある機会をくださった野崎歓先生に、心からのお礼を申し上げたい。そして、中央公論新社の吉田大作さん、ならびに郡司典夫さんには万事にわたり本当にお世話になった。ご多忙の中、訳者の質問に迅速かつ懇切にお答えいただいた著者ヴァネッサ・スプリンゴラ氏に深く感謝する。

二〇二〇年一〇月

内山奈緒美

装丁・本文組　細野綾子

著者

ヴァネッサ・スプリンゴラ Vanessa Springora

1972年生まれ。フランスの編集者、作家。パリ大学（ソルボンヌ）で現代文学の学位（DEA）取得。2006年よりフランスの老舗出版社ジュリアール社で編集に携わり、現在同社の編集責任者。2020年、本書でジャン・ジャック・ルソー賞（自伝部門）受賞。

訳者

内山奈緒美 うちやま・なおみ

愛知県名古屋市生まれ。東京大学仏文学科卒業。同大学院修士課程修了。翻訳家。訳書に、フレデリック・ファンジェ『自信をもてない人のための心理学』（紀伊國屋書店、2014年）がある。

同《どう》意《い》

2020年11月25日　初版発行

著　者　ヴァネッサ・スプリンゴラ
訳　者　内山奈緒美
発行者　松田陽三
発行所　中央公論新社
〒一〇〇-八一五二
東京都千代田区大手町一-七-一
電　話　販売　〇三（五二九九）一七三〇
　　　　編集　〇三（五二九九）一七四〇
印　刷　図書印刷
製　本　大口製本印刷

定価はカバーに表示してあります。落丁本・乱丁本はお手数ですが小社販売部宛お送り下さい。送料小社負担にてお取り替えいたします。

Published by CHUOKORON-SHINSHA, INC.　Printed in Japan　ISBN978-4-12-005353-5　C0097
http://www.chuko.co.jp/